ハガキが一枚落ちてます

プロローグ

　足元に落ちていた一枚のハガキ。何の変哲もない官製ハガキの裏面の文字を、拾って読んでしまったオレは、後悔の真っ最中だった。再びその場所にハガキを戻そうとしては、その行為は間違っているという理性でやめる。これを三回ほど繰り返した今、その薄っぺらな小さな紙はオレの手中に残ったままだ。

　どうする。どうすればいい。警察に届けようかと悩んだが、大嫌いな警察署に出向くなんてあり得ない。

　一体どうやって落ちたのだろう？　ここは住宅街の車両一方通行の狭い道だ。暗闇の中、文字盤が光る腕時計を確認すると時刻は夜の十時三十五分だった。

　辺りを見渡してみるが、ポストはない。確かポストはもう少し北側の通りにある。ならば郵便のバイクから落ちたのか。それとも空から降ってきたのか。

　空を見上げると、暗闇にほんのり輝く星と、電線が目に入る。目線を横にやると公園の樹が強風で揺れている。台風が関東地方に迫っているらしいが、西日本も随分風が強くなってきた。さらに目線を前にやると、百メートルほど進んだところに六階建ての集合住宅がある。

　ＬＥＤ街灯の下で、例のハガキの文字を再び読み返す。

和子さん、早くむかえに来てください。ここはどこかわかりません。まどの外が見えません。トイレに行ったとき、まどのすきまから、木がたくさん見えました。だれかこのハガキをポストに入れてください。七海

文面の通り、ポストに入れたらよいのかもしれないが、ハガキの表面に書かれた住所は、

京とふうじ市　えとう　和子さま

となっている。漢字と平仮名が交ざって読みにくいが、京都府宇治市だろう。しかし、郵便番号も書かれておらず、町名や番地などが抜けているこのハガキをポストに入れたところで、えとう和子さんには届かないであろう。差出人も七海という名前だけで住所がないので、差出人不明、宛先不明のハガキとして処理されるだろうか。それとも郵便局員が警察署に持っていくのであろうか。

一ヶ月前から行方不明になっている京都府K市在住の九歳の高橋七海ちゃん。ネットニュースでも何度も目にした名前はオレの妹と偶然同じ名である。まぁ、オレの妹は奈々美、なので漢字は全く違うが、例の高橋七海ちゃんはK市の児童養護施設にて生活していた小学三年生で、下校時に突然行方不明になったそうだ。

テレビや新聞でも高橋七海という女の子の写真が公開されて、警察や自衛隊が全力で探している。ここはオレの住むK市で、七海という名前から考えるに、高橋七海ちゃんは誰かに監禁されていて、助けを求めるためにこのハガキを書いたものだと考えるのが普通だ。警察に届けるべきだ。おそらくここに百人の人間がいて、このハガキをどうすれば良いか尋ねたら、九十九人はそう答えるであろう。しかしオレは警察署には近づけない。だったらポストに入れろと言われそうだが、どうしてだろう。オレは自分の手でこの子を探さなくてはならないような気がした。

その理由はオレの心の中にずっと居座っている後悔のせいであろうが、自分はそんな正義の味方キャラではない。放っておけよという悪の声と、彼女を助けろという正義の声が頭の中でひしめき合うなか、オレはハガキを持ったまま、前方に見える集合住宅へと駆け寄っていった。

一

刑事の父親はいつも仕事で忙しくて、家でゆっくりしている姿を殆ど見たことがなかった。買い物に行くのも、動物園や水族館などに遊びに行くのもオレと妹、母さんの三人で、記憶の中に父親の姿はない。

オレが九歳のころ、オヤジと母さんは離婚することになった。

幼いころの記憶なので詳細はぼんやりしているが、母さんは確か病院の検査に行きたいと言っていたような気がする。何の検査だと尋ねると、全然大したことないちょっとした検査だから。と母さんは言っていた。その検査の間にまだ小学三年だったオレと一年の妹の二人だけを留守番させるのは危ないから面倒を見てくれと母さんはオヤジに頼んだ。しかしオヤジは仕事が忙しい、事件が解決しない限り休めないと何度も断っていた。その断りの言葉に謝罪の感情が一切入ってないことを当時九歳のオレは感じとっていた。「お母さん、ボクたちだけで大丈夫だよ。ボクがななみのめんどうみるから」と言って、その日は二人でお留守番ということになったけど、母さんは気が気じゃなかったようだ。いつもは気性の穏やかな母さんがオヤジの帰宅後、眉を吊り上げて怒り始めた。その日は本来、オヤジの仕事は休みのはずだったのに、職場に呼び出されたと言って、母さんのお願いなど軽くつっぱねて仕事に行ったからだ。いつもならそれでも文句ひとつ言わないのに、オヤジに怒号をとばしていた。あんな母さんを見たのはあの日が初めてでそして最後でもある。やがてその怒りのボルテージはどうにもならない程に増大し、次の日にはダイニングテーブルの上に離婚届けが置かれていた。

妹の奈々美は母さんに引き取られたのに、オレはどうしてかオヤジに引き取られることになった。「嫌だ、母さんと奈々美と一緒に行く！」と何度訴えただろうか。なぜオレはオヤジに引き取られたのかわからない。母さんはただ、ごめんね。ごめんね。と繰り返すばかりで理由を教えてくれなかった。

　忙しい父親と二人きりになったマンションでは、いつもオレは一人で夕食を摂り、一人でゲームをして過ごしていた。寂しかったかと問われたら、ものすごく寂しかったとしか答えようがない。

　たまにオヤジと顔を合わすと、文句を言った。

「母さんはどこ？　オレも母さんのところに行かせてくれ！」

　何度訴えてもオヤジは首を横に振るばかりで住所も何も教えてくれなかった。

　ある日、しびれを切らしたオレは一人で勝手にお小遣いの入った小銭入れをもって家を出た。母さんと妹の住所は家中のどこを探しても見つからなかったので、小学四年だったオレはどうしたらいいのかわからず、市内を回る。どこかを歩いているんじゃないか。意外と近くで暮らしていて、バッタリその辺で会わないだろうか。しかし、いくら歩いても見つからず、駅から電車に乗ってK市の隣のY市に向かってみる。駅前をうろつくがやはりいない。さらに電車に乗って、次の駅で降りてウロウロ、さらに次の駅で降りてウロウロしているうちに、気づくと町は暗闇に包まれて頭上で星が輝いていた。小学生がこんな遅い時間にどうしたのか？　と警察に尋問されて、オレは何も悪いことをしていないのに慌てて逃げてしまった。当然の如く追いかけられて、あっという間に捕まった。

「母さんと妹を探しているんだ」

　事情を話すが呆れ顔の警官は家の電話番号を教えなさいと何度もしつこく聞いてきた。

しかしオレは口を閉ざしたまま。だって、家に電話されたらオヤジがカンカンに怒って迎えに来るに違いない。と思ったからだ。名前も住所も電話番号も通っている学校も一切口にしないオレに対して途方に暮れた様子の警官は「ここに泊まって明日家に帰りなさい」と交番に泊まることを勧めた。仕方なくその日は交番で泊まったが、翌朝、残念なことにオヤジが迎えに来た。もうとにかく怒られる。それしか頭になくてただただ怖かった記憶しかない。無言のままオレを迎えたオヤジと黙って車に乗り込み、帰路についた。怒られなかったことがかえってオレにとっては恐怖でしかなかった。その日からしばらくの間、家政婦さんが滞在することになる。「坊ちゃんを見守るようにお願いされました」と発言する初老の女性は黙々とご飯を作り、掃除機をかけて、洗濯をしていた。どうして自分では何もしないのか。オヤジが家にいたらいいじゃないか。仕事仕事ばっかりでアイツは一体何なんだ!?　オレの心にはモヤモヤした気持ちが常に渦巻いていた。

そのわずか一ヶ月後、突然父親から「母さんが亡くなった」という話を聞くことになる。

「奈々美はどうしたんだ!?　あいつはまだ小学二年だろう?」

オレより二つ年下の奈々美の行方が心配でならず、父親に何度も尋ねたが「奈々美のことは心配するな。大丈夫だから」と答えるのみであった。

ある日、オレはオヤジの胸倉を掴んだ。

「いい加減にしろよ!　奈々美の居所を教えろよ!!」

すると、父親がため息をついて、こう答えた。

「実は奈々美も死んだんだ」

言葉の意味を呑み込めない十歳の少年はただ混乱するのみだった。

「嘘だ！　そんなわけない！」

オレが否定すると、父親が一枚の新聞を鞄の中から取り出した。その新聞には、母と娘が心中した事件の詳細が載っていた。母さんは旧姓が高橋だったから、高橋由香、高橋奈々美が亡くなったというその記事を目にしたオレは、全身の力が抜けてしまった。記事によると、母さんは乳癌を患っており、余命あと少しの状態だったそうだ。どうして奈々美まで一緒に死ななければならなかったのか。その後のオレは荒れまくっていた。

家出を何度も繰り返しては連れ戻され、コンビニやスーパーで万引きを繰り返し、髪を金に染めて、悪い仲間とつるむようになった。家政婦さんはいつの間にか、いても無駄だと判断したのか家に来なくなった。信じられなかった。母さんの死も奈々美の死も受け入れることができなかった。だって自分の目で見たわけではない。そうだ、きっと同じ名前の人が死んだんだ。高橋って苗字は日本にたくさんいるってクラスの奴が言っていた。だからたまたま同じ名前の人が死んだんだって自分に言い聞かせていた。

オヤジ狩りもした。酔っぱらったその辺のサラリーマンの財布からお札を引っこ抜くというものだ。これに関してはオレの意思ではないが警察に捕まった時「君のお父さんは刑事だろう」みたいなことを言われ、取り調べの警察官にため息をつかれたものだ。アイツのことを親だなんて今も思っていない。

早く独り立ちしたい。早くここから脱出したいと年々その思いは増し、高校を卒業した翌日に荷物をまとめて勝手に家を出た。

十八歳が成人になったお陰で、いちいち親の同意を求められなかったのは大いに助かったが、あまりにお金がなくて、アパートを借りることはできず、しばらくはネットカフェ生活となった。

二十歳になった今は日雇いアルバイトで何とか生計を立て、安いアパートも借りることができているが家賃や光熱費を支払うだけで精一杯の生活だ。実家マンションはK市の西側だが、できるだけ自宅から離れるためにそこから十キロほど離れた東側のアパートを借りた。本当は市外に引っ越したかったが、条件の合う物件がそこしか見つからなかった。

そんなオレが仕事を終えて、自宅近くのラーメン屋で夕食を済ませて帰宅しようとしたところ、暗闇の中に白い何かが落ちているのを発見して、思わず拾ってしまった。

ハガキの出所を考えてみる……。たとえばこの集合住宅のトイレの窓の隙間から落としたんじゃないだろうか。トイレの窓から木がたくさん見えたというのは、集合住宅の裏手にある児童公園の木ではないだろうか。

そう思い近づいてみると、六階建ての集合住宅は全部で三十六戸、ベランダ側に回ってみるが、一階、二階のベランダは見えても、三階以上の様子は窺えない。灯りのついている部屋もあればついていない部屋もある。

この三十六戸の中のどこかに行方不明の高橋七海ちゃんが閉じ込められているのではな

いか。じっと建物を見つめていると、二階のベランダで煙草を吸っている人と目が合ってしまった。気まずい。

こんな夜にマンションを見上げている男がいたら、これから空き巣に入る家を吟味するために訪れている奴にも見えなくない。それか下着泥棒か。通報されてオレが逮捕されたらそれこそ茶番劇である。

「夜が明けてからもう一度来よう」

そう決めて一旦、家へと帰った。


いつもより早めに起きて、ハガキを手に再び例の集合住宅へとやって来た。時刻は午前五時半で、まだあまり人気はなく、ひっそりとしている。

鉄筋コンクリート造りの白いその建物は実にシンプルで、マンションと呼ぶよりは団地と言った方がしっくりくる。しかし、番号などは振られておらず、一棟だけなので、団地ではない。ベランダ側からマンションを見ると、洗濯物が干されていたり、観葉植物が育てられていたり、いたって普通の光景だ。しかし、ハガキには窓の外が見えないと書かれているので、何か黒いシートや段ボールなどを窓に貼って視界を遮断しているのではないか。そう考えたオレは一つ一つ窓を確認していくが、怪しいところが見つからない。五階、六階のベランダはさすがに見にくいので、後退して視野を広くしていくが、児童公園の外側に並ぶ木々に阻まれこれ以上は下がれない。

周囲には、この集合住宅以外に高い建物はない。せいぜい三階建てアパートや住居兼事務所のような民家が建っている程度だ。もう少し離れた駅前のマンションなら確か七階建てだった気がするが、二年程前に作られたばかりでオートロックなのはほぼ間違いないだろう。昨晩は強かった風もある程度おさまってきているが、どこかもっと遠いところから風で飛ばされたのかもしれない。

今日もこの後仕事だっていうのに、自分は一体何をやっているんだろう。十月で夏に比べると随分涼しくなったとはいえ、朝八時から夕方五時までの土木作業は重労働だ。早起きなんかしないで少しでも体力を温存しておくべきなのだろうが、オレを突き動かすのはやはり妹を亡くした後悔なのであろう。

奈々美はほんの少しワガママで、だけどおしゃべりが大好きな明るい子だった。にいちゃん、いっしょにあそぼ！　とオレの都合など考えずに手を引いて公園に連れていかれ、おままごとに付き合わされた。オレも昔は団地に住んでいたので、妹以外にもたくさんの子どもたちと遊んでいた記憶がある。その中でも特にあっちゃん、まりちゃんという年上の姉妹とよく遊んでいた。あともう一人誰かいたような気もするが、顔も名前も全く思い出せない。

オレは手に持ったハガキを眺めた。鉛筆だけどくっきりと濃く書かれた文字はきちんと整列しており、乱れていない。きっとこの差出人の七海ちゃんは几帳面で真面目な性格の子なのではないだろうか。それにしても児童養護施設で生活しているだけでも不憫なのに、その上、誘拐されてしまうとは。

　集合住宅のどこを見ても怪しいところがないので、オレは困り果ててその日の仕事の現場へと向かった。

　土木作業といっても、大工でもなければとび職の人間でもない。解体される家屋にホースで水をかける役割や、雑用などが多い。この日は解体される家屋の庭木の撤去作業を行う。

　どんな金持ちが住んでいたのやら、二百坪ほどある豪邸の庭には雑草が無造作に生えて、木が生い茂っていた。まずは草刈り機で雑草をどんどん刈っていく。

　作業をしている間もあのハガキのことが頭から離れない。警察に持っていくべきなのだろうが、過去に何度連れて行かれたかわからない警察署に自ら足を踏み入れたくない。それにオヤジのことも思い出したくなかった。あんな奴がどうして刑事なんだろうか。母さんも奈々美も、あいつがもっとしっかりしていたら、死ななくて済んだんじゃないか。思いが再燃して、ムカムカしてしまう。

　昨日は台風の影響で風が強かった。となるとハガキがどこから飛んできたかなど特定できっこない。

　仕方がない。文面に書かれているように今日の帰り道にポストに入れよう。そう決めて、午後の仕事にも励んだ。

　しかし、三時を過ぎた頃から体が思うように動かなくなり、気持ち悪くて吐き気がした。

「おい、大丈夫か？」

仕事場の上司にそう問われたが答える気力もないくらいの吐き気と頭痛に襲われて、オレは倒れ込んだ。そこから先の記憶はない。

二

五ヶ月前に発生した殺人事件は酷いものだった。被害者は当時五十五歳の藤川伸之《ふじかわのぶゆき》と妻の春子、四十九歳だ。二人は自宅の玄関を入ってすぐのところで折り重なるように倒れていた。

死因は失血死で伸之の体は刃物でめった刺しにされており、春子の方は腹部と首の二箇所に刺し傷があった。

現場からは指紋が検出されず、玄関を入ったところの右奥にあるダイニングテーブルの上には遺書と思しきポストカードが置かれていたのだが、裏面は、綺麗なエメラルドグリーンの海の写真、そして表面に、

借金のとりたてに疲れたので、命を絶ちます。

とボールペンで書かれていた。しかし、二人が自殺ではなく他殺だと気がつくのに時間はかからなかった。

まず、夫の伸之は刺し傷が全部で十八か所に及んだ。自殺をしたいのなら、首の頸動脈を切るか、手首でも深く切ったら出血多量で亡くなることができるのに、自分で体じゅうに刃物を突き立てたとは考えにくい。妻の春子にお願いするにしてもあまりにも傷の数が多すぎる。それに現場に落ちていた包丁と二人の体の刺し傷は一致しなかった。つまり何者かが自殺に見せかけて二人を殺したと考えるのが妥当だろう。

妻の春子はどうやらポストカード制作が趣味だったらしく、自宅には、水彩絵の具や色鉛筆などの画材、そしてマッキントッシュのデスクトップ型パソコンと印刷機が机に置かれていた。フリマアプリにも自らが作成したポストカードを出品していたので、趣味を通り越してお金を稼ぐ手段としていたようだ。

ここ京都府K市では一ヶ月前から、児童養護施設で暮らす高橋七海さん、九歳が行方不明になっており、K市警察署は多忙を極めている。

全く、こんな平凡な町で大きな事件が立て続けに発生するとは……。それにしても藤川伸之という男はかなり酷い奴だ。酒とギャンブルが好きで、結婚を四回、離婚を三回繰り返している。亡くなった妻の春子は四人目の奥さんで結婚して十年目と割と長く続いていたが、近隣の人の話ではケンカが絶えなかったそうだ。

まぁ、私も人のことは言えないか……。妻と娘には本当に悪いことをした。妻の由香が癌に侵されていることなど全く知らなかった。どうして教えてくれなかったのだろうか。それに、奈々美まで無理心中とは、娘が不憫でならない。

由香は奈々美の首を包丁で刺したあと、自分の首を包丁で切った。昔看護師をしていただけあって、頸動脈の位置を見事に定めた刺し傷であった。大量の出血で二人とも息を引き取った。

刑事という仕事柄、昼も夜も正月も盆も関係なく働き、家のことを放ったらかしにしてしまった私は今さら何を悔いても、もう遅いが、せめて響介《きょうすけ》だけでも健康で暮らしていて欲しいものだ。

響介は、中学校に入ってから荒れ始めた。髪の毛はいつの間にか金色に染まり、授業をサボってはゲームセンターに入り浸ったり、煙草を吸っていたり、やがて万引きを繰り返すようになり、何度も私の元に電話がかかってきた。

高校卒業と共に家を出て行ったきり今はどこでどうやって暮らしているのかわからない。妻と娘を失い、息子を失ってもまだ自分は刑事の仕事を辞められない。何度か辞めようと思い、退職願を書き出したが血が騒いで書き終えることができずにいる。未解決の事件がある状態のまま退職などしてはいけないという気持ちは、言い訳だろうか。

何度も訪れた現場の藤川宅も事件から五ヶ月が経過して、立ち入り禁止のテープは貼られているものの、住人を失った家は少しずつ荒れてきている。K市の西南に立地する木造一戸建て平屋造りのその家は、築五十年以上そこにあるらしく、令和のスタイリッシュな住宅街にまるで取り残されたような昭和感溢れる建物だ。梁がとてもしっかりしており、一部はリフォームも施されている。トイレや浴室は最新のものになっていたが、現場の玄関扉は格子状の引き戸で、二人が折り重なるように倒れていた狭い土間には今も血痕が残っている。

玄関前には雑草が生えて、家の中からは変な臭いがする。おそらく放置された常温野菜などが腐ってきているのではないか。警察は何度もこの家に出入りしているが、勝手に家のものを捨てることなどできない。

初夏に発生した事件が解決しないまま秋を迎えて、刑事課には嫌なムードが漂っている。ああ、このまま未解決事件として残り続けるんじゃないかって皆そう思い始めているころだ。

事件があったのは五月十五日から十六日にかけての深夜で、二人の死亡推定時刻はちょうど日付が変わるころである。

近隣住民への聞き込みでは、怪しい人物を見かけたなどの証言はとれていない。隣の家の住民が喧嘩しているような声を聞いた気がする。と話していたが、その本人も睡眠をとろうと布団に横になり、うとうとしていたらしく、記憶があやふやだと言っている。

この辺りは閑静な住宅街で店舗などもないので、防犯カメラもないし、夜は人通りも少ない。

少なくとも夫の伸之には強い殺意を持った者の犯行であろう。さもなければ頭から足まで十八か所も刺すことなどない。

ブラックコーヒーを口に含んで、刑事課のデスクで改めて現場に遺書として置かれていたポストカードを撮影したものを観察する。

「またその写真ですか？」

同じ刑事課の部下、新藤《しんどう》が声をかけてきた。

「ああ」

「その文字は、殺された藤川夫妻の筆跡とは一致しなかった」

「そうだな」

借金の取り立てに苦しんでいたのは、家から大量に出てきた督促状を見ても一目瞭然だ。近隣住民の話では度々スーツの男が藤川家を訪ねて何やら揉めている声が聞こえていたとのことだ。

遺書となる文字が記されていたポストカードの裏は、一面がエメラルドグリーンの海の写真……もう何度眺めたであろうか。この海は何かを意味しているのだろうか。それともたまたまその辺にあった春子のポストカードの中から偶然この一枚を選んだのだろうか。

本当にただ海と空のみ、青い空には雲がうっすらと浮かび、その下に美しい海が広がる。他には何もない。少なくとも日本海って感じではなくどこかの南国の海であることは間違いないだろう。

「裏面が気になって仕方ない」

私がそう言うと、新藤は考える仕草をする。

「その写真が何かを表しているってことですか？」

「ああ、そんな気がしてならない」

どこの海なんでしょうね。沖縄とかハワイとか？」

どこの海なのか知りたいが、それを知る手がかりとなるものが全くない。

「バリ島、グレートバリアリーフ、グアム、サイパン……」

「場所の問題ですか。それとも海にまつわる何かが関わっているのですかね？」

先ほどから疑問形でばかり話しかける新藤に少しイラっとした。

「お前も何か考えろ」

「海ですか。……そうですねぇ。ビーチ、海水浴、新婚旅行、サンゴ礁、波、水着……」

「連想ゲームじゃないんだぞ」

「すみません」

いくら写真とにらめっこをしてもキリがなさそうなので、私は裏面の写真から表面の写真に目をやった。

遺書の文字は丁寧で癖がない。癖がないのが逆に困る。癖のある字の場合誰が書いたか特定しやすいのだが。今のところ容疑者候補として挙がっているのは、藤川伸之にお金を貸した人間だ。単純に正規ではない消費者金融の奴が、あまりにお金を返さないので痺れをきらして、殺した可能性も十分にある。そうなると相手はやくざということになり、厄介である。また、藤川伸之が以前働いていた工場の同僚からお金を借りていたことも判明している。それ以外にも伸之の高校時代のツレからも約百万の金を借りている。さらに伸之の叔父にあたる藤川昭佑《ふじかわしょうすけ》も彼にお金を貸しており、返済をしないことに腹を立てていた。現在把握しているのはこの三名だが、他にいてもおかしくない。ギャンブル依存症の伸之はどうしても競馬やパチンコがやめられず、仕事も人間関係のトラブルなどで点々としていたようだ。

別れた妻については、まず一人目の妻が真由美《まゆみ》という。今は京都府の右京区に一人で暮らしている。一時期は娘二人と息子一人と一緒に暮らしていたというが、彼女が生んだのは上の二人で末っ子の長男は彼女の子ではない。看護師をしておりとてもしっかりした女性だ。

二人目の妻は愛《あい》という名で、色気のある美人な女性だ。伸之とは四年で離婚した彼女が長男の母親である。現在はスナックのママさんをやっている。三人目は美由紀《みゆき》という名で、彼女に至っては僅か九ヶ月で伸之と離婚している。美由紀はパチンコ屋で働いているが、化粧が濃いサバサバした女性だ。三人目の妻はともかく離婚した際に真由美と愛が、何故自分の子どもの親権をとらなかったのか、伸之は三人姉弟の親権を獲得している。

まず、一人目の真由美については、離婚した当初、軽いうつ状態だったので自ら引き取るのをあきらめたと話している。二人目の愛は、末っ子の長男はともかく自分と血の繋がらない長女と次女まで引き取るのはごめんだと主張した。彼女の意見に対し伸之が「だったら全員おいていけ」と言ったという。いずれにしても借金まみれのロクでもない男の元に子どもを残していった母親も大概どうかしている。

この三人にも伸之殺害の容疑がかけられていたが、今のところ、元妻たちが犯人であろう証拠は何ひとつ掴めていない。

四人目の妻、春子は前の三人とはちょっとタイプが違った。三人に比べて派手ではなく大人しい……そう、どちらかというと地味なタイプの春子に伸之はどうやらぞっこんだったようだ。伸之は日焼けサロンで体を焼いており、背中に入れ墨も入れていてワイルドな男って感じなのに比べて春子は、図書館の隅で本を読んでそうなタイプだ。そんな春子の方も結婚してから約十年近く離婚をしなかったことを考えると伸之にぞっこんだったのだろうか。専業主婦だが、早朝に新聞配達をしていた経験もあり、昼はポストカードを作成してそれをフリマアプリ等で売ってお金を稼いでいたみたいだが、雀の涙のような額だったようだ。全く、そんな困った男と結婚生活を続けていた妻もどうかしている。

「なんとなく」

「え？」

突然新藤が話しかけてきた。

「なんとなくですが、犯人は女かもしれないですね」

「文字が綺麗だからか？」

「そうです。こんなことを言うと時代遅れって言われそうですが、小学生の頃、女子のノートって大体綺麗で整った字なのに比べて、男子のノートは雑じゃなかったですか？この字もまるで習字の先生のように美しい。……ですが動揺している感じもありますね」

それは私も思った。綺麗な字なのは間違いないのだが、きっと震える手で書いたのだろう。線が小刻みにぶれているのだ。

「突発的な犯行の可能性もある」

「ええ」

新藤は入社十年目で後輩だが勘がよい。

「たとえ女だとしても、世界の半分は女だ」

いずれにしても伸之に金を貸していた面々、そして元妻たちの筆跡鑑定は既に終了している。残念ながら誰一人この遺書の文字とは筆跡が合わないという結果だ。

藤川夫妻の人間関係を洗いざらいにしている最中だが、妻の春子は今時珍しくスマートフォンや携帯電話なるものを持っていなかった。家が借金まみれで契約できなかったからであろう。被害者のスマホがあれば登録されている連絡先をかたっぱしから漁ることができるのだが、そもそも春子の方は新聞配達の時以外は家に引き籠っていることが多くて、近所づきあいも殆どなかったようだ。そうなるとやはり伸之の関係する人物になるのだろうか。

「愛人と一緒に海に行く約束をしていたとか？」

新藤がエメラルドグリーンの海に目線を落としながら言う。

「愛人説か」

藤川伸之はロクでもない男だが、顔はかなりの男前で女ウケが良かったそうだ。愛人の一人や二人いてもおかしくない。

「意外とお金ではなくて痴情のもつれが動機かもしれないですよ」

この五ヶ月間、あちこち聞き込みにまわったが、捜査は行き詰まっている。私は再度ブラックコーヒーを流し込んでため息をついた。

何かあるはずだ。きっと何か手がかりが……。そう思うだけでは捜査は進まない。

「行くか」

「え、どこへですか？」

「聞き込みだよ」

「これ以上どこへ行くんですか？」

私もどこへ行ったらいいのかわからない。

「とにかく藤川伸之の人間関係を洗いざらいにするしかない。愛人……風俗なんかにも手を出しているかもしれんな」

「ということは風俗店へ聞き込みですか？」

「当たれるところから当たるしかない」

私と新藤は車に乗りこんで、Ｋ市のメインストリートから路地に入ったところにある風俗店が立ち並ぶエリアへと向かった。

三

　ぼんやりとした視界に映るのは、蛍光灯とカーテンレールだった。ゆっくりと上半身を起こすと、軽いめまいがした。

「あら、目が覚めたのね」

　聞き慣れない声に視線を向けると、一人の若い看護師の姿があった。ショートカットの黒髪にぱっちりした二重瞼で小柄だけどがっちり体型のその人は忙しそうに動き回っていたが、オレの方へと向かってきた。

「気分はどう?」

　そう尋ねられて、ここが病院であることを理解したオレは、

「まぁまぁです」と答えた。

「そう、まぁまぁなら良かった。ひどい貧血だったのよ」

　いつの間にか病院着に着替えさせられていたので、一体誰が着替えさせたのか。もしかしてこのお姉さんなのだろうかと思うと少し恥ずかしい気がした。

「貧血……?」

「そう、仕事中に倒れたのを覚えていない?」

　そう言われて、確かすごい吐き気に襲われたのを思い出した。

「独り暮らしなんだってね。普段どんな食事を摂っているのかわからないけど、きっとインスタント食品やコンビニ弁当なんかを食べているんじゃない？」

「そうです……」

　オレがそう答えると、その看護師はふぅとため息をついた。

「そんな食事では当然、鉄分が不足するわね。点滴にはビタミン剤も入れてあるから。きっとビタミンもカルシウムも色々足りてないはずよ」

　そう言われて、オレは右腕に点滴の針が打たれていることに気づいた。

「好きな食べ物は何？」

　突然そう質問されて、少しだけ驚いたが、

「ペアギングの焼きそば」と答えると、その看護師がプッと吹き出した。

「あら、気が合うじゃない。私もペアギングの焼きそば大好きよ。週に一回は必ず食べるわ」

　ニコニコしながら彼女は点滴のスピードを少し緩めた。

「あと三十分くらいで点滴は終わるから。安静にしていてちょうだい」

　何だろうかこの感じは。胸のあたりがザワザワした。オレは今日、……あれ、今日なのかわからないが仕事中に貧血で倒れてどうやら病院に運ばれたらしく、点滴を打たれてしばらく眠っていたらしい。その状況を呑み込むことよりも、今は目の前にいる彼女がすごく、すごく気になってしまうのだ。普段女の人に興味なんてないんだけど。

恋なんてしたことがなかった。まぁ少しだけ気になった人はいたけど、それは確か小学一年の頃の話で近所のあっちゃんという子がすごく可愛くて、ああ、この子いいなって思ったくらいで、その後中学、高校と今まで女子に対して恋心らしきものを抱いたことがない。しかし、今オレの心が急に揺さぶられた気がするのは……。いや、きっと気のせいだ。人は疲れている時や弱っている時に助けてくれる人に対してそういった感情をつい抱いてしまう生き物だから。それに彼女を目にしたのは僅か五分ほど前のことである。それなのに気になるなんてどうかしている。

そんなことを考えているうちに、彼女は他の患者に呼ばれて、オレの元を去っていった。しまった。せめて名前だけでも聞いておけばよかった。

それからしばらくぼーっとしていたが、急にお金のことを考えて不安になった。しまった入院費っていくらするんだろうか。

日雇いアルバイトで生計を立てているオレは、決して綺麗とは言えない築四十年の木造アパートで生活している。毎月の家賃や光熱費、食費を払うだけでギリギリなのに、入院費なんて払えないのではないか。早く退院しよう。そう思って点滴が終わり次第ナースコールを押すと例の看護師とインターホンが繋がった。

「はい、どうしましたか？」

「あの、点滴が終わったみたいです」

「わかりました」

インターホンが切れて二十秒後くらいに部屋に彼女がやってきて、手際よく点滴の針を抜いた。

「あの、今から退院できないですか？」

患者からの突然の質問に驚いた様子の彼女は、

「え、今から？」と聞き返す。

「はい、オレ貧乏だから入院費とか払えないかもしれないので一刻も早く退院したいんですが」

自分の事情を説明したが、彼女はこう答える。

「残念ですが、今日は無理ね。まずはお医者さんの診察を受けてそれで体の状態を見てからです」

落胆してしまう。なら今から診察してくれと言いたい。窓の外に茜空が見えるということは、夕方か。病室に時計がないので具体的な時間がわからないが、おおよそ四時半くらいではなかろうか。

「オレが倒れたのっていつなんですか？」

「昨日よ」

「えっ！　昨日!?」

ということは一日以上眠っていたのか。ああ、オレは馬鹿か。

「そうよ」

「ちなみに今って何時なんですか?」

いつもの癖で左腕を確認してしまうが、腕時計は外されている。そういえばオレの着ていた服や装飾品は一体どこにあるんだ。

「午後四時半よ」

予想が見事的中してオレが思わず大きなため息をつくと彼女は、

「そういう患者さんもたくさんいるわよ。お金は確かに心配よね。でも健康が第一だからちゃんと良くなってから退院してね」

とオレに向かってウインクする。思わずドキッとしてしまった。ちょっと待て。ドキっとしたのは今までの経験上、オヤジ狩りをした時に意外にもオヤジが超強くて殺されるんじゃないかというくらい反撃された時だ。あの時は体のあちこちを打撲してしまった。

不覚だ。オレには恋なんて必要ない。だって日雇いアルバイトしかやってない、過去には犯罪めいたことを数々やらかしたような人間だ。もし、看護師の彼女がそんなオレの経歴を知ったらドン引きされるに違いない。オレの心を読んだのか、彼女が顔を覗き込んだ。

「大丈夫、なんか顔色が悪いわよ」

「あ……、いえ」

「今から夕食の時間だから栄養あるものをしっかり食べて、元気になってね」

彼女は相変わらず忙しいのか早足で部屋を出ていってしまった。

翌日、午前中に医師の診察を受けて、ビタミン剤や鉄剤を処方されて退院となった。彼女の名前を知りたいという欲求が心の中でぐるぐるしている。しかし今日は勤務の口ではないのか見当たらず、結局名前を知ることはできず病院を出た。得られた情報は彼女がペアギングの焼きそばが好きだという、たったそれだけ。

家に戻ったオレは再び日雇いアルバイトの登録を進めた。いつも日曜日だけは休むようにしているが、今回の入院で出費がかさんだので日曜も登録した。日雇いなので、一日の作業終了後に給料が手渡しでもらえるシステムだ。日給八千円。月に二十五日は働かないと生きていけない。それにしても随分真面目になったものだ、と自分でも思う。一時期の素行の悪さは反抗期の不安定な精神をそのまま表していた。母さんと妹を失った悔しさと悲しみ、父親への恨み、弱い自分を受け入れられないことで、随分ひどいことを色々やってきたものだ。足を洗うキッカケになったのは、オヤジの元を去り、独り暮らしをしようと決意した時であった。

一連の騒動ですっかり忘れていたハガキが鞄の内ポケットから出てきて、ドキリとした。ああ、あの人に感じたドキリとは違う。

さっさとポストに入れてしまおう。そう思って立ち上がったら、再び立ち眩みに襲われた。いけない。慌てて処方された鉄剤を口に放り込んだ。

貧血など起こしている場合ではない。栄養満点のご飯が無償に食べたくなってふと、母さんのことを思い出してしまった。

母さんは料理上手だった。味噌汁、煮物、唐揚げ、コロッケ、焼き魚などいたって普通のメニューが食卓に並んでいたが、どれも美味しかった。そういえば奈々美はトマトとこんにゃくが嫌いだったな。と奈々美のことまで思い出してしまい、少しだけセンチメンタルになった。

その時、ある記憶がよみがえった。それはオレと奈々美、そして仲が良かったあっちゃんとまりちゃんと一緒に大縄跳びで遊んでいたことだ。

「ゆうびんやさん、おはようさん、ハガキが一枚落ちてます。拾ってあげましょ一枚、二枚、三枚、四枚……」

そういえばそんな歌と共に縄跳びを跳んだような気がする。本当にハガキが一枚落ちていて、拾ってしまったオレ。

やっぱり早くポストに入れなければ。そう思って家を出た。

時刻は午後六時をまわっていたのであたりはもう真っ暗だった。ポストは家から三百メートルほど歩いたところにある。何の変哲もない街では、塾に向かうのだろうか学生たちがあくせくと自転車を漕いで走り去っていく。この辺りは田舎でもなければ都会でもない平凡な住宅地で、犬の散歩をしている人やジョギングをする人などを横目にポストへと急ぐ。

赤いポストが見えてくると、その前に誰かが立っているのが見えた。誰だ……。

近づいてみて驚いた。なんと、昨日お世話になった看護師の彼女だった。

「こんにちは」

オレが挨拶をすると彼女は目を丸くした。

「あっ……昨日の!!」

「お陰様で退院しました」

昨日は上下白衣だった彼女が、今日は黒いシャツとベージュのパンツを履いており、手には大きな鞄を下げていた。鞄からネギが顔を出しているところを見ると、スーパーで買い物を済ませた後なのであろう。

「この辺りに住んでいるんですか？」

「うん、そこのアパート」と指をさす。意外にもそこは古びたアパートで、掠れた文字で「さくら荘」と書かれた看板が辛うじてぶら下がっている状態だ。

「ボロいでしょ」

彼女がはにかむと、八重歯が見えた。

「看護師さんって……そんなに給料安いんですか？」

思わず口にしてしまった質問はちょっと失礼だったかな。しまったと思ったら、彼女はまたプッと吹き出した。

「そうそう、安い安い。林さんもこの辺りに住んでいるの？」

どうしてオレの苗字を知っているのか。あ、そうか入院患者の名前くらい当然把握しているか。

「はい、この辺りです」

「へえ、ご近所さんだったんだ」

「あの……こんなこと言っていいかわからないですが、引っ越した方がいいんじゃないですか?」

するとの彼女はキョトンとした顔をした。

「どうして?」

「だって、セキュリティーとか……」

さくら荘の階段は錆びていて、壁にはヒビが入っている。玄関の引き戸は、オレでも簡単に壊せそうだと思うくらいボロボロだ。

「ああ、心配してくれているのね。ありがとう。でも大丈夫よ、こう見えて柔道部だったんだから」

柔道部? 見えないな。確かに華奢なタイプではなさそうだけど、こんな可憐な顔をして一本背負いとかするのか?

「何か、想像してる?」

「あ、いえ、……一本背負いとかするのかなって」

するとまた彼女は笑った。

「あはは、林さんおもしろいねー。あ、ごめん自己紹介してなかってね。私は藤川っていいます」

　自ら名乗ってくれた彼女に、つい心が熱くなってしまう。こんな感覚は初めてだ。

「下の名前は？」

　珍しく社交的だな、と自分でも不思議だった。今まで周りの人間にあまり興味を持ったことがなかったからだ。

「うーん、実は自分の名前あんまり好きじゃないんだ」

　予想外の答えだった。

「あ、じゃあいいです」

「ありす。藤川ありすっていうの」

　断ったけれど彼女は自ら名乗ってくれた。

「いい名前じゃないですか」

「え〜っ、だって日本人ぽくないでしょ。柔道の試合する時に藤川ありすさんって名前呼ばれるとこっぱずかしいというか。もっと和風な名前が良かったなっていつも思ってた」

「柔《やわら》ちゃんとか？」

「それは極端すぎるわね。まさに柔道をするために生まれてきたみたいな名前」

「オレ、中学の時にサッカー部に飛馬《ひゅうま》くんっていましたよ。あと野球部に翼くんもいました」

　すると彼女はまた笑った。笑うたびに見える八重歯がとても愛おしい。

「なんか親の期待通りには子どもは育たないってね。あ、そうだそのハガキ出しに来たんでしょ?」

　彼女と出会ったことですっかり忘れ去っていた左手に持ったハガキ。ああ、そうだ早く投函しないと。そう思い、慌ててポストに差し込んだ。

「あ、ハガキはそっちじゃないわよ！　そっちは大型郵便の方……」

「あ……」

　慌てていて、ポストに二つある投函口のうち、右の大型郵便の方に入れてしまった。

「まぁ仕方ないわね。郵便屋さんが仕分けてくれるでしょ」

　しかし、その瞬間なんだかとんでもない罪悪感に襲われた。何だろうか、罪悪感を覚えたところで一体どうだというのだ。ハガキにはポストに入れてくださいと書かれている。その通りにポストに入れただけなのに、やっぱり妹のことが引っかかっているのだろうか。でも名前が一緒なだけで七海ちゃんは全くの別人である。それに妹が死んだのはオレのせいではない。いや、やっぱりオレのせいなのか？

「どうしたの？　何か顔色が悪いわよ」

　彼女に相談しようか。いや、でも昨日初めて会ったばかりの人にこんなことを話していいのだろうか。警察へ行った方がいいって言われるに違いない。オレは警察が大嫌いだ。なんというかとにかく関わりたくないのだ。

「あ、いや……なんでも」

「あ、まだ貧血が治りきってないのかしら。ねぇ今から私、ご飯作るから一緒に食べない？　栄養バランスのいい食事を用意するよ」

　突然のお誘いに戸惑いと喜びの感情が入り混じる。

「ほら、うち汚いけど。おいでおいで」

　まるで五歳の子を呼ぶかのように手招きしながら彼女はオレを家の方へと導いていく。

　オレは素直に従って彼女の後を追った。


　さくら荘は予想通り、内装も綺麗とは言い難かった。小さなキッチンと和室が並び、独特の匂いがする。女子の部屋とは思えないほど質素な色のカーテンと家具が並べられた簡素な部屋に招待され、オレは腰をおろした。

「ちょっと待っててね。えっと、魚は好き？　今日はねぇ、サンマが安かったから焼いて食べようと思うんだけど大根おろしもつける？」

　彼女は手際よく野菜を切り、魚を焼き始めた。今自分が好きかもしれない女性の部屋に来ているっていうのに、さっきのハガキのことが頭を離れない。傲慢な思い込みかもしれないが、彼女ならわかってくれるだろうか。

「あの……」

「はい、どうした？」

「さっきのハガキなんですけど……」

「ああ、さっきポストに入れたやつ？」

オレはハガキを拾った経緯と書かれていた内容を彼女に告げる。

「そう……」

彼女は白いおろし金で大根をすりおろしている。

「だったら正解なんじゃない？」

「え？」

「だって、ポストに入れてくださいって書いてあったんでしょ？　ならポストに入れた林さんが正解なんじゃないかって」

「でも……もし行方不明になっている七海ちゃんだったとしたら、宛先不明でその、えとう和子さんには届かないワケで」

「そうね。宇治市のえとう和子さんという情報だけで届くかはかなり微妙だけど、少なくとも郵便局の人も不審に思って警察に届けるんじゃないかしら」

やはりだ。誰だってそう思う。なんだか彼女はオレの思考とは全然違う答えを出してくれるんじゃないかと変な期待をしていたので落胆してしまう。

「なんでそんなに落ち込んでいるの？」

「わかりません。でも、自分の妹と同じ名前だから……」

「そうなの？」

「ええ、漢字は違うんですけど奈々美っていう妹がいました」

「いましたって……過去形なの？」

彼女の表情が曇った。

「亡くなりました」

「……そう」

彼女はそれ以上何も言わず、小さなテーブルに焼いたサンマと味噌汁を並べる。

「実はね、私も五ヶ月前にお父さんが亡くなったばかりで」

彼女はゆっくりとオレの前に座った。

「そうなんですか」

「ええ。お互い何か色々大変よね」

母さんも亡くなったとまでは言えず、しかも無理心中だなんて口が裂けても言えない。

「私、お父さんだけじゃなくてお母さんも死んだの」

彼女はそう言いながら白い茶碗にご飯を盛る。

「ニュースでやってたでしょ？　五ヶ月前に、K市で夫婦が殺されたって」

オレは衝撃のあまり、言葉を呑み込めずにいた。え……ニュース？　ぽかんとしていると目の前に茶碗が置かれる。

「お母さんは本当のお母さんじゃないんだけどね」

そういえばそんなニュースをネットで見た気がする。オレはスマホを取り出してネットニュースを開いた。

高橋七海ちゃんが行方不明のニュースは頻繁に目にする。今日も「行方不明から一ヶ

て普通の、かわいい女の子だ。柔らかそうな唇と、奥二重の目と高くもない低くもない鼻。髪の毛はボブというのだろうか。彼女が住んでいた児童養護施設の園長のインタビューが載っている。

『心配です。早く帰ってきて七海ちゃん』

ネットニュースの検索欄に「京都府K市殺人事件」と打ち込むと、彼女の言っていた殺人事件の記事が出てきた。

『京都府K市在住の藤川伸之とその妻、春子が失血死のため死亡。二人は鋭利な刃物で複数回刺された模様』

今回行方不明になっている高橋七海ちゃんの住んでいるところもK市で、殺人事件もK市である。そしてまさかこの被害者の二人が今、目の前にいる彼女の両親だとは……。

何と声をかけていいかわからず、黙りこんでしまったオレは静かに箸を手にとった。

「……いただきます」

「うん、いっぱい食べてね」

「ショックですよね……お父さん」

「……こんなこと言っていいのかわからないけどそうでもないのよ。うちの父は本当にいい加減で周りに散々迷惑をかけながら生きてきたから、きっとバチが当たったのよ」

そんな言葉を聞くと思っておらず、おもわず箸を落としそうになった。

「私たちはずっとほったらかしだった」

「私たち……ということは兄妹がいるのですか？」

「ええ、妹と弟がいるわ」

そう言って彼女は味噌汁を飲み始めた。

「ギャンブルに明け暮れては借金作ってばっかり、女癖も悪くてお母さんが何度も変わって、春子さんは四人目のお母さんなの」

オレも味噌汁を口に含んだ。美味い。おふくろの味だ。

両親が殺されたのに、この冷静さは何だろうか。彼女は白衣姿の時、それこそ一瞬天使にも見えたが、そうではないのであろうか。もし……。オレのオヤジが殺されたらどう思うだろうか。あんな奴でも少しはショックを受けるのかと想像してみても、いまいちわからない。

「オレも父親が苦手です」

さんまの塩焼きには大根おろしとすだちが添えられていた。醤油をかけて身をほぐしてく。

「そうなんだ。なんか私たち、少し似ているのかもね」

「いえ、全然。オレなんて最低な奴ですよ」

「どうして？」

彼女に中学、高校時代のことは話すまいと思っていたのにどうしてだろうか、口が勝手に動いた。

「中学とか高校の時随分荒れていて、ひどいこともたくさんしました」

彼女の方を極力見ないようにして、サンマを食べることに集中する。

「私も、中学のころは不登校だったよ」

「……何かイメージと違います」

「あらそう。どんなイメージなのかな？」

彼女がオレの方をじっと見ているのには気づいていたが、恥ずかしくて相変わらず彼女の方を向くことはできない。

「白衣の天使」

オレがそう言うと、今度は彼女が大笑いした。

「ハハハハ、やっぱり林さん面白いねー！」

彼女は茶碗を持ったまま爆笑している。

「看護師がみんな天使なワケじゃないわよ。すごい美人な看護師さんがね、患者さんに煙草は体に悪いから吸わないでくださいって注意した後、休み時間にスパスパ吸ってたりするし、肝臓が悪い患者さんにお酒は控えてくださいって注意している看護師が酒豪だったり、天使なんてとんでもないわ」

笑顔の彼女が見たくて、オレは結局彼女の方を向いた。かわいい。それが素直な感想だ。

「あれ、でも学生の時は柔道をやってたって言ってませんでした？」

「ああ、それは高校の時ね。中学は半分不登校だったけど、高校は真面目に行ってたわよ」

中学の時、一体何があったのか尋ねたかったが、聞いてはいけない気がした。

「それで、さっきのハガキの件だけど」

「ああ」

彼女の笑顔に見とれていて、ついハガキのことが頭から吹っ飛んでしまっていた。

「七海って名前と文章からすると、確かに行方不明になっている高橋七海ちゃんかもしれないわね。どこかに監禁されているのかしら……」

児童養護施設で育ち、そして誘拐されて監禁。あまりにも不幸なその子は今一体どうしているのだろうか。

「確かに、私もそんなハガキを拾ったら気になって仕方ないわ」

「何かオレ……。彼女を探さなくてはいけないような気がして」

オレの言葉にまた彼女が目を丸くする。

「そんな。だって行方不明者の捜索は警察の仕事でしょう。いくら妹さんと同じ名前だからって林さんがそこまでしなくても」

「確かにその通りなんですけど……。オレ、自分のせいで妹と母さんを亡くしたんじゃないかってずっと後悔していて」

「林さんのせいなの？」

「あ、いや直接的ではないのですが……」

何だろうこのもやもやした気持ちは。どう解釈すればいい。

「探してみる？」

「えっ!?」

また唐突な返事に驚いて今度は手に持った茶碗を落としそうになった。

「拾った場所。その日風がどこから吹いていたか。そして窓の外が見えないってことは雨戸が閉められているか、段ボールでも貼られているか何かだと思うし、ある程度の推測はできるかもしれない」

そんなことを言いながら彼女は漬物を口に入れた。

「そんな……藤川さんは関係ないので」

「あら、今こうやって一緒にご飯を食べている仲なのに関係なくはないでしょう？」

一緒にご飯を食べている仲とは、知人、友人、それとも一体何だろうか。

「あなたからその話を聞いたからには私も放っておけないわ。私にだって妹がいるし、もし妹が誘拐されて監禁されているなんてなったら居ても立ってもいられないわよ」

「そうだけど……」

「あれ、そんなに私頼りなく見える？　一本背負いとか得意よ」

そういう問題ではない気がしたが、彼女とこのままさようならしたらもう会えないような気がした。

「連絡先を交換しましょう。日頃は仕事が忙しいけど、だいたい水曜日と土曜日が休みだから」

そうして彼女と連絡先を交換した。


その日はもう遅いので、一旦家に帰り就寝することになった。七海ちゃん探しは次の土曜日に行う約束をした。誘拐と監禁という一刻を争う状況は重々承知だが、この時間から徹夜で住宅街をウロウロしていても通報されて警察のご厄介になりそうだ。オレも明日は仕事がある。いつも黙々と働いてあまり人と会話することのない生活を送っていたからか、それとも意中の相手とあれよあれよと仲良くなれたことで、興奮が治まらず、布団に入ってもなかなか寝付けなかった。

同時に母さんと妹のことも鮮明に思い出して急に涙が出てきた。自分はこんなに弱い人間だったんだ……。手の平で涙をぬぐう。

全くの他人であるはずの七海ちゃんがどんな人生を過ごしてきたのかが気になった。何故、児童養護施設で過ごすことになったのか。両親はどうしたのか。

スマホで過去の記事を遡っていくと、動画サイトで児童養護施設の園長が涙ながらに彼女の帰宅を訴えていた。さらに記事を遡る。近所の人のインタビューで、いつも元気な女の子だった。顔を合わせたら挨拶をしてくれたなど、基本的にはかなり好印象なことしか書かれていない。しかし、彼女が児童養護施設に入ることになった経緯に顔が歪んだ。両親からの虐待……。

奈々美は僅か八歳でこの世を旅立ったが、一つ年上の七海ちゃんもどうか誘拐犯に殺されないことを願う。そうやって、考えているうちに眠りへと落ちていった。

四

京都府K市の警察署、刑事課では朝からハガキの話で持ち切りだった。郵便局員から宛先不明差出人不明のハガキの内容が、どうも高橋七海さんの行方不明と関係あるのではないかという連絡があったからだ。

私は、高橋七海失踪事件の担当ではないが、この日ばかりは、会議室に警部以上の者が集められた。

和子さん、早くむかえに来てください。ここはどこかわかりません。まどの外が見えません。トイレに行ったとき、まどのすきまから、木がたくさん見えました。誰かこのハガキをポストに入れてください。七海

一枚の官製ハガキに書かれたあどけない文字。ここで初めて、えとう和子という人物の

存在が浮き彫りになった。しかし私が担当しているK市の藤川夫妻殺人事件とは何の関係もないであろう。いや、もしかしたら同一犯なのか？

藤川夫妻を殺害した犯人が今度は小学三年の女の子を誘拐して監禁している。同じK市で発生したというだけの繋がりではあるが、その可能性もゼロではない。

なんせ、この間の聞き込みでは大した情報は得られなかったからだ。

新藤をつれて聞き込みに行ったあの日、風俗店に立ち入った我々は当然の如く最初は客だと思われた。警察手帳を見せると、責任者だという男が慌てて出てきた。「これは刑事さんですか？　うちに一体何の用ですか？」

うさん臭いちょび髭を生やした五十代くらいの男に、藤川伸之の写真を見せる。

「この男が来店したことはないか？」

するとちょび髭の男は目を細めて写真に見入る。

「あれ、この方……確か殺害されたとニュースで拝見しました」

「その通りです。この市内で発生した殺人事件の被害者です」

私がそう述べると、男は急に目つきが変わった。

「全く見たことないですね。この店にはご来店されたことがありません」

男が嘘をついている可能性は十分にある。殺人事件について警察が聞き込みにやって来たとなれば、この店の従業員のだれかに疑いをかけられているのではないかと推測されても仕方がない。

「できればここで働いている女性従業員にも話を伺いたいのですが」

私がそう申し出ると明らかに眉間に皺を寄せた男は、こう話す。

「それでしたら店の女の子をご指名下さい」

「……ご指名ですか」

「ええ。六十分、九十分、のコースがございます。個室で女性とゆっくり話すには十分時間を確保できると思います」

この男は警察を客として扱い、金をむしり取る気か。

「我々は客ではありません。話を伺えたらそれでよいです」

その返事にさらに眉間に皺を寄せた男は、渋々答える。

「わかりました。しかしここはそういう店なので応接室などはございません。やはり個室で女性に話を聞いて頂く他ありませんので」

思わずこちらが眉間に皺を寄せそうになるが、ぐっとこらえる。

「新藤、誰か指名するか？」

私が新藤の耳元でそう囁くと「えっ!?」と新藤は明らかに動揺している様子だった。

「お前は独身だろう」

すると新藤も小声で、

「林さんも独り身じゃないですか」と返す。

「私はこのような店は苦手だ」

新藤は諦めたのか、「……仕方ないですね」と渋々承諾した。

「わかりました。ではこの店で一番人気のある子を指名させて下さい」

新藤の言葉に急に営業スマイルになったちょび髭男は
「かしこまりました。お時間は六十分、九十分どちらに致しましょうか？」

と尋ねてくる。

「六十分で……」

「かしこまりました。一番人気の咲綾《さあや》は現在お客様の相手をしておりますが、もう間もなく終了致しますので少々お待ちください」

そう言って、男はフロント奥のオフィスと書かれたドアの中へと入っていった。

「……後でお金を請求されるのでしょうか」

「金くらいくれてやる」

「でも何の有益な情報も得られなかったらただのムダ金になってしまいますよ。我々は公務員です」

新藤の真面目な姿勢は評価するが、ここまで来て帰るわけにはいかない。

「中に入ったら女性の年齢を聞け。そして他の女性の歳も尋ねろ。必ずこういう店には年齢を詐称して働いている子が一人や二人いる。その話を持ち出したらあの男も金を請求などできない。風営法違反になるからな」

「林さんはどうするんですか？　ここで待つんですか？」

迷った。仕事とはいえ若い女性と個室で二人きりなど、困惑してしまいそうだ。しかし、じっと待っているだけも時間のムダである。

「……私も行こうか。時間が勿体ないな」

そうして、私はいかにも若そうな女の子を指名した。

狭い廊下にホテルのように幾つものドアがあり、私は七号室へと案内された。指名した女の子は童顔で高校の制服を着ていても全く違和感のないような黒髪、清楚系の女の子だった。

個室に二人きりになると女はお辞儀をした。

「サラです。よろしくお願いします」

私はすかさず警察手帳を取り出す。

「すみません、お客ではなく警察です。あなたに幾つかお話を伺いたい」

突然警察手帳を提示されたサラという女の子は目をぱちくりさせた。

「そういうプレイをお望みですか？」

私はその答えに唖然とした。どうやら偽物の警察手帳だと思われているらしい。

「あの……本物の警察です。この方をご存知ないかお聞きしたい」

私はすかさず藤川伸之の写真を彼女の前に出した。

「あの……もしかしてこの方」

「ご存知ですか？」

「テレビで確か殺されたって」

私は思わず頭を垂れた。マスコミが殺害された彼の顔写真を全国ネットで公開しているので知っているだけのようだ。

「そうではなくて、この方が殺害されたのが五月の中旬です。それより前にこの方をお見かけしたことはないですか？」

私の質問にサラは少々困った顔をする。

「あの……私、今年の五月にここに入ったばかりなので……」

しまった。指名する人を間違えたか。そうだ。ベテランの女性を選択した方がこの世界のことに詳しいに決まっている。気持ちを切り替えて私は彼女に質問する。

「では質問を変えます。あなたの本当の年齢を教えてください」

私がそう言うとサラという女は一瞬ビクッとした。

「……十八です」

「目が泳いでいますよ」

どうやら嘘をつくのが苦手なタイプらしい。

「……すみません十六です。私を逮捕しに来たのですか？」

怯える眼差しでこちらを見る彼女。

「いいえ、もしその話が本当ならあなた自身ではなくてこの店が風営法違反になります」

下を向いてしょんぼりしているサラという女はどうしていいかわからず、立ち尽くしている。

「こういう店で働いている女性は多かれ少なかれ事情があるはずです」

私の言葉に今にも泣きだしそうだ。

「すみません……どうしてもお金が必要で……」

素直な子だ。

「落ち着いてください。ではもう一つ質問をします。この店で一番長く働いている女性はどなたですか？」

私の質問に対して、サラが「ウミカさんです」と答える。

「ウミカさん」

「はい。海《うみ》に香《かおり》と書いて海香さんです」

「その方の年齢は？」

「二十五歳だったと思います」

ふとあのポストカードを思い出した。エメラルドグリーンの海の写真だ。

「その方をご指名しましょう」

「あ、でも彼女は今、別のお客様の対応をしていると思います」

枕元にはタイマーが置かれている。簡易ベッドがある細長い部屋の奥にはシャワー室がついている。窓はない。落ち着かない空間の中であとまだ四十七分も時間が余っている状態だ。サラという女も当然こんな客は初めてなのだろう。戸惑った様子で目線を部屋の隅にやっている。

「あの……サービスは」

「あなた、十六歳なんでしょう。それに私は聞き取り調査に来たのみでそういったことは一切望んでおりません」

そう言うと、サラは黙ってまたうつむいた。沈黙の時間が流れ、なんだか気まずい。

「差し支えがなければ、あなたがどうしてここで働くことになったのか教えて頂いてもいいですか?」


部屋から出た私は、フロントで「海香」を指名した。その頃、ちょうど新藤も六十分が終了してフロント前にやってきた。

「どうだった?」

小声で新藤に尋ねる。

「ああ……わからないとのことでした」

「やっぱりな」

この界隈にこういった店はあと三軒ある。全く何の根拠もなく捜査をしているといえばそうだが、こういった地道な調査が功を結ぶこともある。

当然の如く、藤川の元妻三人には会っているがどの妻にも共通するのが、美人だということだ。亡くなった藤川春子も綺麗な顔立ちをしていた。証言によると、仲之は二重人格的なところがあって、出会ってから結婚するまでは紳士のようにふるまっているのに、結婚した後はだらしない、ギャンブル好きの男だという事実がわかり、二人目の妻も三人目の妻も離婚に至っている。

海香という女が他の客の相手を終えるまで待つ。二十分ほど経過すると一人のサラリーマン風の男がそそくさと帰っていった。スーツを着たどこにでもいそうな男。家庭を持っているのか独り身なのか、もし前者だとするなら家族には当然内緒で来ているのであろう。ああ、人って見た目ではわからないことが多いな。そして今、自分もこんな場所にいるので、周りの人からはそんな目で見られているのかと思うと嫌悪感でいっぱいになった。いや、これは仕事だ。堂々としていればいい。

やがて、女が迎えに来た。ロングワンピースを着用した髪の長い色気たっぷりの女が私の前でお辞儀をする。

「お待たせいたしました。海香と申します」

その女と一緒に個室に入るや否や、

「刑事さんなんですよね？」

と聞いてきた。

「そうです。今回はお聞きしたいことがあって伺いました」

「ではサービスはいらないのですか？」

「はい、そういう目的ではないです」

この海香という女にあの写真を見せてみようか。ふとそんなことを考えた。

まずは、藤川伸之の写真を見せる。

「この男に見覚えがないですか？」

女は唇の下にほくろがあり、それがより一層色気を醸し出している。

「そうですね……なんとなく見たことがある気がしますが」

「本当ですか？」

「でも、このお店ではありません。町の中心にあるパチンコ屋の前で開店前に並んでいる姿を何度か見かけたことがあったように思います」

ああ、パチンコ屋か。そのパチンコ屋にはもう何度も足を運んだ。

「この男が女を連れている姿を見たことないですか？」

「女ですか……？」

海香は思い出すそぶりをする。

「確かいつもおひとりだったと思います」

「そうですか……」

伸之は何度も離婚を繰り返してはいるが浮気をしていたなどの情報は今のところ一切ない。聞き込みの際に彼の若き頃の仲間は「女癖が悪い」と話していたが、結婚してからは意外にも一途だったのか。

「この方……殺されたのですよね？」

マスコミが顔写真を公開しているので、知っていても当然である。

「はい、五月の中旬に何者かに殺害された可能性があります」

「どうして私を訪ねたのですか？」

彼女の香水の匂いがまるで海を連想させるような香りで、ああ、この香りに男たちはイチコロになるのか。赤い壁紙の狭い部屋で女と二人きりなんて気がおかしくなりそうだ。

「この写真の方の人間関係を洗いざらいにしているところです」

「そうですか……」

私は、鞄の中から例の写真を取り出した。

「これはポストカードの裏面なのですが、どこの海だが分かりませんか？」

エメラルドグリーンの一面に広がる海と青い空。女はじっとその写真に見入っている。

「綺麗な海ですね……。でもごめんなさい、場所まではわかりません」

やはり情報が少なすぎるか、私はその写真をそっと鞄にしまった。

「私、海のそばで育ったんです。といってもこんなエメラルドグリーンの海ではなくて、高知県の漁港の町なんですけどね。それで親が海香なんて名前をつけました」

「本名なんですか？」

「ええ本名です。海の香といっても実際は魚くさいですけど」

海香はそう言って微笑んだ。藤川伸之は風俗には手を出してないのか。だとしたら無駄足だったか。そう思った時、彼女が意外な話を始めた。

「その男の方の奥さんは私と同郷です。ニュースで顔を見た際にとても驚きました」

「えっ……!?」

「春子さんですよね」

「知っているとは言えないです。何せ私が生まれる前に京都に出たそうなので。父がそういう人がいたという話をしていました」

藤川春子は高知県出身で、十八歳の時に京都の企業に就職するため上京している。

また、春子の両親は早くに亡くなっている。

「父が小学校の教師をしていたのですが、春子さんは父の教え子だったそうです」

そうなのか。案外世界は狭いものだ。

「お父様は今もご健在なのですか?」

「いえ……私が中学生になったころに亡くなりました」

「そうですか、失礼しました」

やはりこのような場所で働いている女性というのは多かれ少なかれ家庭に問題があったり、シングルマザーだったり事情があって働いている。この海香さんが一体どういった事情で働いているのか気になったが、そこまで聞く必要性はあるだろうか。

「なんでもいいです。春子さんについて知っていることがあれば教えてください」

私がそう言うと、少々困り顔をされた。

「教え子で、母子家庭の子がいる。貧しい家の子だからいつも継ぎはぎをした服を着ていて、クラスの子からバカにされている。という話を聞きました。その子が春子さんです」

藤川春子、もとい元村春子については調査済みである。高知県の漁村で生まれた彼女は両親が幼いころに離婚して、母子家庭で育った。母は海産物の缶詰工場で働いていたが、収入は少なく、貧しい暮らしをしていた。昔から絵を描くのが好きで、よく海沿いでスケッチブックを広げて絵を描いていたと、町の人から聞いた。

「すみません、私が知っているのはそのくらいのことです」

「いいえ、貴重な情報をありがとうございます」

元村春子は十八歳で京都の建設会社の事務に就職して独り暮らしをしながら働いていた。三十九歳の時に、伸之と偶然出会い恋に落ちた二人は結婚する。その時にそれまで勤めていた建設会社を辞めている。

「大人しい人でした」

「真面目な方でしたね」

建設会社への事情聴取では皆口をそろえて、そう言っていた。

「あまり社交的な方《かた》ではないので、時々話す程度でした」

会社ではあまり他の社員とは交流しておらず、定時になるとそそくさと家に帰っていたという。伸之と出会った経緯は詳しくはわからないが、道端で伸之が春子に声をかけたそうだ。春子は決して派手ではないが、整った顔立ちをしている。

一方の伸之は定時制高校を卒業後、印刷工場に就職するが、わずか八ヶ月ほどで仕事を辞めて、その後は職を転々としていた。短気で上司にもすぐ歯向かうため、クビになることも多かったようだ。亡くなった五月の時点では派遣社員として宅急便の荷物の仕分けを担当していたが、稼いだお金をすぐにギャンブルに使ってしまい、借金は全部で三千万円ほどに膨れ上がっていたようだ。

二人が暮らしていた平屋の一軒家は借家で、家賃の滞納もしばしばあったようだが、大家さんが寛容な方だったので退去命令を受けずに済んだようだ。

海香という女性にはこれ以上聞くことはないので、礼を言って部屋を出た。

外で待っていた新藤と合流し、署へと戻る。

「大した手がかりは得られなかったですね」

新藤が残念そうに話す。

「仕方あるまい」

刑事というのは本当に地味な仕事だ。情報をかたっぱしから集めて、聞き込みや調査をする。しかし、大概九割は成果がない。

自宅へ帰り、ワインを飲みながらテレビをぼんやり見ていたら、ふと奈々美が産まれた日のことを思い出した。あの日も私は事件に追われていて、容疑者特定のために走り回っていた。由香から陣痛がきたと電話があり、どうせ、陣痛が来てから産まれるまでは何時間もかかると思っていたら、一時間半後に産まれたとの連絡があった。連絡をくれたのは、当時まだ元気だった由香の母親で、なんで来なかったのかと散々文句を言われて、私は謝ることしかできなかった。

思えばあの頃から仕事仕事で、由香は刑事という職業柄、当然理解しているだろうという傲慢な考えに支配されていた私は、奈々美や響介が小さい頃、由香にすべてそれらを押し付けていた。そうやって少しずつ溜まった不満がある日爆発して、私たちは離婚する結果となった。机の上に置かれていた離婚届の殴り書きされた文字が頭にチラついた。

せめて、たまにでいいから遊園地や動物園に子どもたちを連れていってあげたらよかったと後悔したが、後の祭りだ。

由香と奈々美が亡くなったと聞いて、脳天を金槌で殴られたような衝撃を受けた私は、自責の念に苦しめられた。

偶然にも同じ名前の七海という少女が書いたと思われる一枚のハガキは、彼女が生きている可能性を示唆している。

「ふぅ……」

どっと疲れた体をソファーに横たえると、やがて眠ってしまった。

五

　オレはいったいどうしてしまったのだろうか。日雇いアルバイトをキャンセルして、気がつくと、ハガキを拾った現場に立っていた。朝の七時半。何の変哲もない住宅地では、学校へ向かう学生や、仕事場に向かうサラリーマンたちが家から出てきて、駅の方へ向かって歩いていく。公園、民家、集合住宅、電柱、スズメとカラス。目に入ってくるものは基本的にそれだけ。

　あの日、風がどの方向から吹いていたかは正直思い出せない。思い出せないが、台風が東側にある場合、北東から風が吹きこむ可能性が高い。北東を向いて目に入るものはただの住宅地だ。

　辺りの民家をさりげなく見て回る。築年数の浅い民家の前に停められた新型の軽自動車、色とりどりの自転車、ガーデニングのプランター、幼児用の三輪車、オシャレな犬小屋……いたって普通だ。

　あまりジロジロと人の家を見ていると怪しまれるし、同じところを行ったり来たりウロウロしていると、不審者だと思われかねない。

　窓の外が見えないようになっている家という基準で考えると、大概の家はカーテンで視界が遮られている。また、防犯上か使用されていない部屋なのか雨戸が閉められている部屋も多数ある。結局、その条件に該当してしまう家が殆どではないか。

こんなことは警察に任せておけばいいはずなのに、どうしても七海ちゃんを探したい衝動に駆られる。

無事でいてくれと心の中で何度もそう願う。ありすさんと土曜日に七海ちゃんを探す約束をしたが、あと二日も待っていられない。誘拐と監禁の目的は何だ？　身代金を要求されていないのなら、必要なのは彼女の体……。変な想像をして体がゾワっとした。命が何より大事だけど彼女を救い出すための理由は十分すぎるほどにありそうだ。

一軒一軒民家の様子を見てまわっていると、自分がまるで刑事のようなことをやっていることに気づいて鳥肌が立った。

中学一年のころ、初めてコンビニで万引きをしたら、意外にも捕まることはなく、あっさりとガムをゲットした。しかしその後、調子に乗ってスーパーで小さなラムネをポケットに押し込んで店を出ようとすると、店員に呼び止められた。

厳重注意を受けたのみで、警察には通報されなかったが、親を呼び出されて、オヤジが頭を下げて謝っている姿を初めて見た。その後、家でこっぴどく叱られて面白くなかったオレは、三度目の万引きを行う。成功。四度目は失敗。またオヤジが呼び出されて同じことの繰り返しだった。

中学二年になると、クラスメイトの勧めで煙草を吸い始めた。最初はものすごくむせて、咳が止まらなかったが、徐々に慣れて、学校の裏庭で吸ったり、通学路の途中にあるコンビニの前で吸ったりした。

しかし、制服で吸っていたのでコンビニ店長が学校に通報して、生徒指導室呼び出しのお決まりコース。

授業終了後はゲーセンに入り浸り、夜の十時を過ぎても家に帰らないこともしばしばあった。オヤジはいつも忙しいので、夜の十一時ごろに帰宅しても家が真っ暗でため息をつきながらカップラーメンを啜って寝た。

中学三年になり、今までガムや飴など小さなものを万引きしていたオレは好奇心でもっと高額なものを万引きしたくなり、昔ながらの商店街でセキュリティーの甘い店を選んでは、店頭のものをくすねた。別にそれが欲しかったわけじゃなくて、ばれないように成功すると達成感を得られるのでやっていた。金物屋の鍋とタワシ、花屋のカーネーション、パン屋のクロワッサン、八百屋のキャベツ丸ごと一個。

店主がカウンターで、暇を持て余してうとうとしている隙に、また、店主が他のお客さんに気を取られている隙に行う。成功五十二件、失敗八件と成功率は非常に高い。

それでも失敗の八件はすべてオヤジが呼び出されて、謝罪。もしくは警察署に連れていかれた。警察も「また君か」と呆れ顔だった。

当然の如く成績は良いはずがなく、オレは地元で一番レベルの低い高校に何とか入学したが、周りはヤンキーばかりで、令和とは思えないようなツンツン頭の奴とか、金も金、キラキラしたような金髪の奴とかリーゼントの奴とかとつるむようになって、でもそいつらはまだ恰好が派手なだけでよかったんだ。問題はゲーセンで出会う有名私立校に通ういたって普通の高校生の奴らだった。

偏差値の高い有名校に通っているそいつらが、オレに声をかけてきて、「ねぇ、今から面白いことしに行かない？」と誘われた。

カラオケにでも行くのかとなんとなく着いていくと、まさかのオヤジ狩りだった。意外なもので、リーゼントヘアの奴や金髪の奴は、派手なバイクを乗り回してはいるが比較的みな優しくて男気溢れる奴らだったのに対し、こいつらは「悪」そのものだった。

学校では優等生、そして見た目も爽やかで誰が見ても「好青年」にしか見えないそいつらは酔っぱらっているオヤジにターゲットを絞って、暗い、細い路地で恐喝を始めた。手には小さなサバイバルナイフを持ち「おじさん、少しだけお小遣いちょうだい」なんて言ってお金を巻き上げるのだ。

中には酔っていても意外としっかりしたオヤジもいて、そいつが大声で助けを呼ぶものだから、近所の人に通報された。慌てて逃げるえせエリート高校生たち。オレはうっかり大通りの方へ逃げてしまい、そこに交番があることを忘れていた。

交番勤務の警察官にあっさりと捕まったオレは一応、何の証拠もないので無実だということで釈放された。だってお金はエリート高校生たちが持って逃げたから。

さすがのオレもサバイバルナイフで人を脅すのはやり過ぎだと思い、そのエリート高校生たちとは関わらないようにしようと思った。だからといって学校が終わって素直に帰宅する気にはなれず、別のゲームセンターに赴いたところ、例のやつらに見つかってしまった。

今度はオヤジではなくオレが脅されてオヤジ狩りに参加することになった。しかもあいつらはオレを利用した。

オヤジから財布を盗んだ後で、突然近くにいた人に「財布を盗んでいる人がいるんです！」とか言って警察に通報し、オレの手に無理やりサバイバルナイフを持たせて、自分たちは目撃者です！　あいつが犯人です！　と警察にオレを突き出した。

最悪だった。あのエリート高校生たちは四人ほどいたが、全員が何かしらの武器を所持していた。

カッターナイフとか彫刻刀とか、たとえ警察に持ち物検査をされても「学校で美術の時間に使用しました」と供述すればそれでいいようなものだが、見た目と学歴っていうのはこんなところで利用される。

僕たちはR高校の者です。犯人はあの男です。と決して爽やかではない茶髪のオレを指させばその爽やかな青年たちは、警察に通報した「いい人」になっちゃうワケだ。

実際のところはオヤジから五万円くすねて、そのうちの二万円は自分たちの財布に入れ、残りの三万円をオレのポケットに無理やり込っこんだ。

警察がやってきて、被害者のオヤジに質問してもオヤジはべろべろに酔っているので、「財布にいくら入っていましたか？」の質問に答えられない。

「えーっと、一万か百万か十万か」

ワケのわからない答えに警察はため息をついて、オレ一人が犯人にでっちあげられた。

残念ながら、公立のアホ高校とはいえ、恐喝をしていたなんて連絡があれば退学になる。

オレは高校一年で退学処分となった。

オヤジにどれだけ怒られるのだろうと思っていたら、オヤジはもうオレのことを諦めてしまったのか、大きなため息をついて一言だけこう言った。

「すまない」と。

その瞬間、自分が思っていたよりオヤジは悪くないんじゃないかとそんな気がした。しかし、今さら素直に謝る気もないし、仲良くする気もないし、母さんと奈々美が亡くなった原因の一因がオヤジであることも間違いないので、オヤジとの距離を縮める気はないし、やっぱりオヤジは嫌いだ。

その後、オレは定時制の高校を卒業して、現在二十歳になる。

真面目に就職をしようと思ったのだが、面接や試験でことごとく落とされて、仕方なく今も日雇いアルバイトをしている。

自分の家にいると母さんや奈々美のことを思い出してしまうのが辛くて、高校卒業と共に家を出たが、始めのうちはお金もなくて住所不定の浮浪人だった。

ネットカフェで寝泊まりをしながら日雇いのアルバイトで少しずつお金を貯めて、何とか今のアパートを借りた。家賃は二万五千円とかなり安くてぼろいアパートだが、少しだけ自立できたような気がした。

住宅街を一周歩いて、不審な家が見当たらないので、今度は集合住宅の裏側に並ぶ民家を一軒一軒チラリと覗いていく。

ダメだ、全然わからない。と諦めかけた時、ふとある一軒の家が目に入った。

その民家は、平屋で築五十年以上は経っているであろう古民家。小さな庭があるが、草木は全く手入れをされておらず、雑草がオレの背丈近く伸びている。空き家なのかと思ったが、その家に何か違和感を覚えた。近づいてみると、窓はカーテンではなくて障子でところどころに穴が開いていているが、中の様子は全くわからない。玄関扉は木製の格子にすりガラスという構造だが、違和感の原因はそのすりガラスの向こう側が真っ黒なことだ。

普通なら、太陽が昇っているこの時間に、ガラスの向こう側はよく見えないとはいえ、ぼんやりと明るいはずだが、黒いってことは、玄関の扉の内側に何か黒い幕でも垂らしているのか、もしくはガラスの内側に黒い塗料を塗りつけているのか。門は壊れており、表札プレートは剥がされている。やはり空き家なのだろうか。

オレは、少し緊張しながらインターホンを押した。……十秒、二十秒、反応なし。もう一度インターホンを押してみると、玄関の扉が開いて、髪がボサボサでお腹がゆったりした男が出てきた。

「なに～？」

空き家だと思いこんでいたオレは、慌てた。しまった住人がいたか！

「あの……京都はんなり新聞のものですが、新聞はいかがですか？」

あまりにも不自然なセリフに自分でも幻滅した。

「しんぶん～？　いらないよ～」

そう言って男はぴしゃりと扉を閉めた。しかしオレは見逃さなかった。扉を開けた隙間から見えた土間に女の子のものらしき靴が置いてあったことを。しかも、天井のライトは点いておらず、靴箱の上だろうか懐中電灯か何かで照らしているかのような光だった。

もしかして、いやでもどうするっていうんだ。女の子の靴があるからってイコール七海ちゃんがいるってワケじゃないだろうし、あの男の妹の靴かもしれない。電気がついていないのは単純に電気料金を滞納しているだけか……だけど全身に鳥肌が立った。だってオレは今もしかしたら誘拐犯と顔を合わせたのかもしれないのだから。そしてもう一つ鳥肌が立った理由があった。

気のせいだとは思う。気のせいだとは思うが、男の顔がなんとなく例のありすさんと似ている気がした。

まぁ似ている人なんてこの世にたくさんいるワケだし……。オレは本当に何をやっているのだろう。もし、今の奴が犯人だとして、この家に突入して七海ちゃんを助けだすっていうのか!?　そんな正義の味方みたいなこと出来ないくせに本当に何をしているのであろう。

入院費も支払ったから少しでも働いてお金を稼がないと、家賃や光熱費を払えなくなるから仕事に行った方がいいのはわかっているけど、頭と体が一致していないらしく、オレは駅に向かっていた。行き先はK市の外れ。

六

「え、異動ですか!?」

署長に呼び出されて何事かと思ったら、『藤川夫妻殺害事件』から離れて『高橋七海さん誘拐事件』を担当してほしいとのことであった。ハガキが届けられる日までは『高橋七海さん失踪事件』だったのが、誰かに囚われている可能性が一気に高くなったので、誘拐事件と名前を変えていた。

「今回、ハガキが届いた件で捜索を拡大したい。林くんが中心になってくれたら頼もしい」

頼もしいという言葉に一瞬浮かれてしまった自分を慌てて心の中で制する。

「しかし、藤川夫妻殺害事件はまだ解決しておりません」

「それは新藤に任せて、君はそちらに移ってくれ」

私は、刑事になって既に二十数年だが、未だに役職は『警部』である。私の同期は皆『警視』や『警視正』になっているが、現場で働きたいというのが私の要望で、今もずっなどできない。

「わかりました」

藤川夫妻の事件が解決していないモヤモヤ感が襲いかかるが、署長の命令に逆らうこと

と警部として、外を走りまわっている。

「よろしく頼む」

頭の白くなった署長は確か今年で還暦を迎えるはずだ。私も不規則な生活で最近白髪が増え、皺が何本も顔に刻まれるようになった。今年で四十八だが、単に歳のせいだけでないことは分かる。帰宅できる日もあれば帰宅できない日もある。ご飯は張り込みながらパンをかじったり、深夜に署でカップラーメンを食べたり、栄養面はかなり整っていない。

ふと、由香の作ってくれたご飯を思い出した。由香は料理が得意で煮物や揚げ物など色々なおかずを用意してくれていたのに、私は泊まり込みで帰れなくて、せっかく作ってくれた料理を食べないことが多かった。今思えばメールの一つや二つ入れたらよかったのだが、自分の悪い癖で仕事に集中すると家のことをすっかり忘れてしまい、気がついた時には日付が変わっていた。由香はどんな気持ちで食べる人のいない料理を冷蔵庫に閉まっていただろうか。

そんな不器用な私に文句ひとつ言わなかった由香は完璧な妻だった。いや、完璧だから良くなかったのだ。もっと私に怒りをぶつけて不満を言えばよかったのだ。

「もーせっかくご飯作ったのに！」

主婦というよりマダムと言った方が適切な感じのその女性は白いブラウスにロングスカート姿で品がある。

「突然押しかけて申し訳ありません」

「あ、いえ……。これ、よかったらどうぞ」

緑茶と一緒に名前は忘れたけど高そうな和菓子が出てきた。

「ありがとうございます。早速ですが、お電話でお話しした通り、K市で行方不明になっている高橋七海さんの件についてお伺いしたいのです」

私がそう切り出すと女性は困り顔で、

「はい……。テレビなどで拝見しておりますが、私はその子のことを存じ上げないので、何とお返事したらよいか……」

本当だろうか。嘘をついている可能性もある。私は例のハガキを見せることにした。

「先日、警察の方にこのようなハガキが届きました」

指紋の付着を防ぐため、ビニールで覆ったハガキを取り出す。恐る恐るそれを手にとり眺める江藤さんは、首を傾げる。

「確かに宛先が宇治市のえとう和子さんになっていますね……」

「ええ。我々はこれが小学三年の高橋七海さんが直筆で書いたものだと推測していますが、何か覚えはないですか？」

「いえ、全く……」

江藤さんの表情や仕草に大きな違和感はない。長年の勘で、嘘をついている人間は目線を外したり、明後日の方向を見たりすることがあるが、本当に何も知らないようである。

「最近、K市に行かれたことは？」

私が質問すると眉をしかめた江藤さんは、

「娘が嫁いでいてK市に住んでいます。なので娘の家に行くことはありますがそれ以外で立ち入ることはないですね」

「そうですか」

あまり長居をしても無駄な気がした。

「では、もし何か思い出した場合はこちらに連絡をください。突然お伺いして申し訳ありませんでした」

そう言って、私と植野が席を立つと、江藤さんが突然「あ、そういえば」と口にした。

「どうしましたか？　何か思い出しましたか？」

「ええ、あの……高橋七海さんについてではないですが、そういえば一年くらい前に、郵便物が間違って届いたことがありまして……」

「郵便物ですか？」

「ええ。名前は確かに江藤和子って書いてあるのですが、住所が全然違ったので郵便局に持っていきました」

「その時の住所は覚えていますか？」

「ハッキリとは覚えていないですが、確か同じ宇治市内で、もっと外れの方でしたね。黄檗ではなかったので、なんで郵便配達の方も間違ったのか不思議に思いました」

江藤さんが口にした町名は確かに町の外れの方だ。そしてその町名はK市に近い。

「わかりました。ありがとうございます」

マンションから出ると、日が西に傾き始めていた。

「お役所さんが嘘をついているんですかねー？」

相変わらず能天気な口調で植野が話す。

「ここからなら役所までそう遠くないから直接行ってみようか」

そう言って、私は植野と共に宇治市役所へと向かった。

夕方四時台の役所は、そろそろ仕事を終わらせないとまずいと言わんばかりに職員たちが忙しく働いていた。市民課を訪ねて、江藤和子という人物が宇治市内にもう一人いるのではないかという旨を訊ねる。

「少々お待ちください」

丸メガネをかけた年配の男性がそう言うとパソコンを操作し始めた。

「あ、江藤和子さんは……。いらっしゃったのですが、四ヶ月前に亡くなっています」

私は驚いた。

「亡くなった？」

「ええ、死亡届けが提出されていますね」

その方の住所を訊ねると先ほどの黄檗に住む江藤さんから教わった住所と合致した。

「ご家族はいらっしゃるのですか？」

「ええと、ちょっと待って下さいね」

チラリと植野の方を一瞥すると植野は手がかりが見つかりそうだということで目を光らせていた。

「あ、ご家族はいらっしゃらないですね」

予想外の答えだった。

「そのお亡くなりになった江藤和子さんのご年齢は？」

「享年五十七歳です」

五十七歳で亡くなったとなれば、病気か事故だろうか。

「死因はわかりますか？」

「ちょっと待ってくださいね」

市役所内にゆるやかな音楽が流れる。時計を見ると四時四十五分だった。あと十五分で市役所が閉まる。

「死因ですが病死ですね」

丸メガネのおじさんが淡々と答える。

「ご家族がいらっしゃらなくても親戚や、例えばその江藤和子さんのご兄弟、両親はいるのですか？」

「お待ちください」

おじさんは一つも嫌な顔をしないので助かる。刑事をやっていて、あちこち聞き込みで回り、質問をたくさん投げかけると大概の人は疎ましい、もういいだろうって顔をする。

「ご両親、ご兄弟もいないようです。あとお子さんも配偶者も……。あ、配偶者はいたみたいですが離婚されていますね」

「その方の住所を教えて頂けますか？」

私は職員から、江藤和子の住んでいた家の正しい住所を聞いた。元夫《おっと》の居所も訊ねたが、十六年前に転居届が提出されていた。

「旦那は離婚して宇治から出たんだな。調べさせるか」

私は部下に電話をして江藤和子の元夫の居所を調べるように告げた。

「陽も暮れてしまいましたが行きますか？」

「まだ五時過ぎだ、行こう」

町のはずれにある平屋の一軒家に辿り着くと空き家なのが一目でわかった。庭の雑草は生い茂り、郵便ポストには無造作に入れられたＤＭが折り重なって、ポストからはみ出ている。

「生前の彼女を知る者を調べないと、ですね」

植野の言葉通り、私達はその家の近所を回る。

「え、江藤さんですか？」

エプロン姿の初老の女性は江藤家のお隣に住んでいる。

「ああ、そうですね。孤独死だったみたいで私ももっと早く気づいていればよかったのですが、死後一ヶ月くらい経ってから発見されたみたいで。何か最近異臭がひどいなって思っていたんですけど、ちょうど梅雨時期だったので、下水道の臭いかなくらいにしか思ってなかったんですよ。ああ、警察が来ていましたよ。あ、彼女の人柄ですか？　そうですね、人見知りが激しいのか、たまにお見掛けした時に挨拶をしても返事してくれなくて、いつも下を向いていらっしゃったので暗い方だなぁって」

弾丸トークでよく舌がまわるその女性は放っておくと関係のない話までしそうな勢いだった。

「旦那さんですか？　さあ私はここに引っ越してきたのが七年前なので、その時にはすでにおひとりだったみたいですが。私より向かいの佐々木さんの方が古くから住まれているのでよく知っていると思いますよ。ところでどうして刑事さんが江藤さんのことを？　え、答えられない？　あら、単純に病気で亡くなったと思っていたのですが、もしかしたら殺人だったんですか!?」

嘘の情報をご近所さんにべらべら話されても困るので、

「殺人ではありません。病気で亡くなっております」と説明し、お礼を言ってそそくさと立ち去った。

「うわー、よく話す人でしたね。殺人って言葉の時に好奇心でワクワクしているみたいに見えたのは僕の勘違いでしょうか？」

　普段よく話す植野もひいてしまうくらいの女性のしゃべり方に圧倒された我々は向かいの家のインターホンを押す。日が落ちて暗闇に包まれた道路をＬＥＤの電灯がぼんやり照らしている。

「えっ、刑事さん!?　私、何も悪いことしていませんよ！」

　先ほどの家の女性と同じくらいだろうか、初老の女性が出てきたが、突然の刑事の訪問にあたふたしている様子だ。

「ああ、江藤さんのことですか。驚きました。江藤さんがどうされたのですか？　え、旦那さんがいらっしゃったかどうかって？　ええいましたよ。私は子どものころからずっとこの辺りに住んでますが、今空き家になっている江藤さんのお宅は元々旦那さんのご実家で、旦那さんのご両親と旦那さんがいらっしゃいましたね。交流ですか？　ああ、旦那さんのお母さんとは何度かお話ししたことがあるのですが、変な嫁を連れてきて困っているとか、孫の顔が早く見たいのに子どもができないとか話していらっしゃいましたね。確かに和子さんはとても暗いイメージの方で、道ですれ違った時に挨拶をしても無反応でした。ただ、犬を飼っていらっしゃって、その犬の散歩は毎日和子さんがしていました。何年前でしたかね？　えっと……十五、六年前かしら。旦那さんのご両親が相次いでお亡くなりになって、その後すぐに旦那さんの姿もなくなってしまったのです。でもどうして和子さんだけあの家に残ることになったのか不思議でした。だってほら、旦那さんのご実家なのでもし離婚したとしても旦那さんが家に残るのが普通じゃありません？　和子さん一人になってからは近所の方とは誰も交流しているのを見たことがないです。ちょっと薄気味悪くって、声もかけづらかったですね」

こちらも弾丸トークの佐々木さんのお陰で、江藤和子という人間像が見えてきた。

「お時間割いてしまってすみません、ありがとうございました」

そうして、私と植野は車へと戻った。

「なるほど……江藤和子さんは恐らく十五、六年前に旦那さんと離婚して一人でここに暮らしていたが、四ヶ月前に急に病気で亡くなってしまったんですね」

頭の中で情報を整理する。子どもはいなかったという話だが、そうなると、江藤和子と高橋七海の間に何の接点があるのだろうか。

「林さん、どうしますか？」

「接点」

「え？」

「江藤和子と高橋七海の接点」

「ああ、そうですよね。さっきの話では子どもはいないとのことでしたし、七海ちゃんと一体何の関係があるのでしょうね」

「植野、お前はこの事件を最初から担当しているんだろう？」

「そうですね。ここはあのK市の七海ちゃんが暮らしていた児童養護施設から比較的近いところですし、この辺りの公園や雑木林も捜索しましたよ」

　今でこそ誘拐事件となったが、この一ヶ月間、K市の児童養護施設付近の空き家や河原、公園や神社、雑木林などを警察と自衛隊が手分けして捜索している。

「さっきの江藤家は捜索の範囲に入っているはずだ」

　私は手に持った鞄からタブレット端末を取り出した。今の時代は刑事もタブレット端末で情報を共有しているが、アナログ人間なのでうまく使いこなせていない。

「ちょっと貸してください」

　私がタブレットの扱いに戸惑っていると植野が交代を申し出てスラスラと操作している。児童養護施設から半径五キロ以内は捜索範囲となっている。液晶画面に地図が表示されて、色分けされている。捜索したが、何も発見できていない箇所は黄色になっている。地図は真っ黄色だった。

「誰も住んでいないただの空き家として処理されていますね」

　この辺りは市街から離れており、住宅が密集している地域ではない。畑や雑木林、草が生い茂った空き地なども多い。

「……植野。七海さんがさっきの江藤家にいるっていう可能性は？」

「えっ!?　江藤家にですか？」

　植野が目を丸くする。

「この空き家を捜索したのは何日前だ？」

捜索の履歴を確認すると十四日前だった。

「七海さんは江藤和子に助けを求めていた。もしかしたら犯人の元から脱出して江藤家に逃げ込んでいるのかもしれない。あくまでも可能性だが」

「それは考えが及ばなかったです。早速江藤家に戻りましょう」

車から降りて再び江藤家の前に立つ。家の電気はついていないのか窓から光は一切漏れていない。

「人がいる気配はないですけどね」

私は江藤家の玄関の扉を開けようとした。が当然の如く鍵がかかっていて開かない。家の周りをぐるりとまわり、窓から中を覗いてみるが、暗闇のためよくわからない。

「車に懐中電灯があっただろう」

「はい、すぐ持ってきます」

懐中電灯で窓の中を照らすと、畳やちゃぶ台のような机が見えた。が、人影はない。

「この家を管理している人間は誰だ？」

「この家ですか？　旦那さんのご両親が住まれていたということは、お亡くなりになるまでは旦那さんのご両親……お父様ですかね。和子さん一人になってからは和子さん名義の家になっている可能性が高いですね。でも、犯人の元から逃げ出したなら普通はその辺りの人に助けを求めるか七海ちゃんが暮らしていた児童養護施設に戻るんじゃないでしょうか」

「その意見は最もだが、私の勘では七海ちゃんは児童養護施設での生活に満足していなかったんじゃないかと思う」

「なるほど。確かに助けを求めるのに児童養護施設の名前を出さず、全然違う人の名前を挙げてますよね」

「親も頼れない、児童養護施設も居心地が悪いとなると不憫な話だ」

「ほんとに。まだ九歳なのに世の中の不幸をしょいこんだような子で涙が出ますよ」

江藤和子の元夫のところへ向かえと部下に電話で命じて、植野と自分は江藤家の捜索に専念する。

時刻は七時半。先ほど話を伺った佐々木家から焼き魚の匂いが漂ってくる。

「お腹すきましたね」

植野が自分のお腹をおさえている。

「車にガムならある」

「ガムですか。ガムじゃお腹が満たされないですね……」

「鍵がないのは不便だな。誰が江藤和子の遺体を発見したんだ？」

宇治警察署に問い合わせたところ、遺体の発見は七月十七日の正午ごろに江藤家の前を通りかかった人から通報があった。何やら異様な臭いを感じたその人は昔、火葬場で働いていた経験もあり、人が死んでいるのではないかと推測したとの答えだった。

その人は先ほどのマシンガントークのおばさん二人ではなくて江藤家から四百メートル

ほど離れた家に住む七十代の男性らしい。当然、その男性にも事情を聞きたいところだが、ひとまず目の前の江藤家から物音などしないか確認する。

「静かですね」

「ああ」

「どうします。呼んでみますか？」

一瞬迷ったが、九歳の女の子なら応えてくれる可能性もある。

「呼んでみようか」

「わかりました。ごめんくださーい!!」

そう言いながら、植野が玄関扉をノックすると古い木造の扉がキシキシ音を立てた。

「ななみちゃん、もしいるなら返事して！　警察です」

しかし呼びかけも虚しく物音ひとつしない。

「やっぱりいないんじゃないですか？」

「……そうだな」

諦めて今度は通報をしたという男性の元へ向かおうと振り返ると人が立っていたのでギョッとした。先ほどの佐々木さんだった。

「さ、佐々木さん？」

「ななみちゃんって……もしかして今、行方不明になっている高橋七海ちゃんのことですか？」

全く、自分の方から刑事の前に現れるなんて、一瞬お化けかと思ってしまった。テレビやマスコミで連日報道されているので、ななみという名前からそう考えるのもおかしくない。

「……そうです」

「高橋七海ちゃんがこの家にいるかもしれないんですか!?」

「いえ、あくまで可能性というだけで」

植野が慌てて答える。佐々木さんが暗闇の中でも興味津々の表情をしているのが分かった。

「いや、彼女が早く見つからないかと心配で心配で。ほらあの子が住んでいたっていうK市の児童養護施設はここからそんなに遠くないじゃないですか。うちにも同じ年くらいの孫がいるもので」

よく見たら佐々木さんは左手におたまを持っていた。味噌汁でも作っている最中に声がしたから飛び出してきたのだろうか。

「ええと、すみません。では、江藤和子さんの元に子どもが訪ねてくる、または道端で子どもと会話していた姿などは目撃していませんか？」

私は冷静にそう問う。

「いいえ、見たことないですね」

「いや、私は見たことある」

また突然、背後から男性が現れたのでさらにギョッとした。

「あら、あなた」

「ああ、妻がすみません」

なんだ佐々木さんのところのご主人か、とほっと息をついた。

「見たことがあるのですか？」

「ええ、ここからちょっと離れた公園で江藤和子さんと小学生くらいの女の子が会話しているのを二度ほど目撃したことがあります」

「本当ですか!?」

植野がその話に食いつく。これはもしかして、江藤和子と高橋七海はやはりどこかでつながっているのだろうか。

「その女の子の風貌はどのような感じでしたか？」

「そうですね。何となく見ただけなのでハッキリとは覚えていないですが、髪の毛が肩くらいで身長が百……うーん、なんせ後ろ姿を通りがかりに見ただけなので。でも江藤さんが子どもと話しているなんて珍しいなと思いました」

「それは何月ごろだったかわかりますか？」

「ええと去年ですね。去年の秋に一回と冬に一回です」

「その時の江藤和子さんの様子はどのような感じでした？」

「さあ……、なんとも本当に通りがかっただけなので」

ご主人が頭を掻いた。

「貴重な情報をありがとうございます」

「あ、そうだ。一つ思い出した」

「何でしょうか？」

「確か公園のベンチにランドセルが置いてあったので学校の帰りだったんじゃないですかね」

「ランドセルの色や形などは覚えていますか？」

「赤です。今時珍しいシンプルな赤色」

「貴重な情報をありがとうございます」

なんと、突然現れたご主人から情報を得ることができた。

「ねぇ、どうして江藤和子さんについて聞かれるのかしら!?」

相変わらず好奇心に満ちた目をした佐々木さんが尋ねる。

「すみません、詳細はお話しできないのですが、現在行方不明になっている高橋七海さんと江藤さんの間にもしかしたら接点があるかもしれないのです」

「まあ!!　そうなのですか！」

余計なことを言ってしまっただろうか。明日にはきっとこの辺りの地区の人間に佐々木さんが情報を漏らしているであろう。

「こら明美、刑事さんに興味本位で質問をするものじゃないよ」

冷静なご主人が妻をたしなめる。

「捜査へのご協力ありがとうございます。また何か思いだしたことがありましたら、K市警察署までご連絡願えませんか」

「わかりました」

物分かりのいいご主人だ。佐々木さん夫妻と別れて今度は通報をしたおじいさんの元へ向かおうと思ったが、左腕の時計を確認すると、既に九時前であった。

「明日にするか」

「そうですね」

一瞬誰かの視線を感じた気がして、辺りを見渡したが誰もいない。気のせいかと車に乗りこみその日は署へと帰った。

七

どうしてここにオヤジがいるのだろうか。空き地に生えていた木の後ろからそっと様子を見ていたオレは、自分の勘が当たっているのではないかと感じた。

宇治の市役所でえとう和子という人物の住所を訊ねたところで、個人情報に厳しいこのご時世に教えてくれるワケはない。そこでオレは七海ちゃんが住んでいたというK市の児童養護施設へと向かった。

昼下がりの児童養護施設はとても静かだった。時間的に小学生や中学生はまだ授業を終えていない頃であろうし、低年齢の子たちはお昼寝でもしているのであろうか。門は固く閉ざされているので勝手に中に入ることはできないが、市街の外れの畑や田んぼに囲まれたのどかな場所にその施設はあった。

決して新しいとは言えないコンクリートの平屋造りの建物は意外と大きくて、芝生が広がる大きな庭があった。花壇にはコスモスの花が植えられており、白、ピンク、オレンジの花を咲かせている。

勢いで来てしまったが、刑事でも記者でもない自分が調査をするのはあまりにも無鉄砲すぎる。いっそのこと新聞記者を名乗ろうかと思ったが、カメラや録音用ボイスレコーダーも何も持たないオレが新聞記者を名乗っても説得力がない。名刺を偽造するのも気がひける。結局着の身着のままここへやってきたオレは、その施設をしばらく眺めた後、宇治に向かって歩き始めた。もし、七海ちゃんが宇治に住んでいる、そのえとう和子と知り合いなのだったら、その人物はK市に限りなく近い宇治市に住んでいるのかもしれないと勝手に推測した。

ネットニュースなどで得た内容では、七海ちゃんは生まれた時からK市に住んでいたが、両親の虐待でひどく弱って保護された。両親は逮捕されて今も刑務所に服役中である。他のところから引っ越してきたのならともかくK市で生まれ育ち、K市の児童養護施設に入ることになった彼女の行動範囲はそこまで広くないはずだ。

もし、そのえとう和子が彼女の親戚か何かだったら既にその人が七海ちゃんを引き取っている気がしたし、彼女にとって信頼できる人だからこそ助けを求めたのではないだろうか。だとしたらどこで出会った。どんなきっかけで。

考えながら歩いていく。田舎道は車が時々通るものの静かで、畑や田んぼの上をカラスが飛び回り、刈り終えた稲を干す作業をしている農家の方がいるくらいだ。

宇治に向かっていくとだんだん上り坂になり山の方へ入っていく。ある程度民家は点在しているが、宇治らしく茶畑も両脇に広がる。

二十分強歩いたところにあった公園で一休みする。高台にある公園で滑り台とブランコがあるだけのシンプルな公園だが、青いもみじが少しだけ紅葉しており見晴らしがいい。

水を飲んで一休みしていたらおじいさんが一人、公園に入ってきた。

おじいさんはオレの隣のベンチに腰かけてぼーっとしていた。えとう和子。さすがに名前からして女の人だよな。そう思ったら性別も年齢もまるでわからない人を探している自分はバカだと思えた。和子って名前だけど、子どもという可能性は？　あまり今時の名前ではないがそれもあり得る。

ベンチから立ち上がると突然、

「見かけない顔だね」

と隣のおじいさんに声をかけられた。

「えっと……割と遠くから来ました」

「何のために？」

なぜ突然質問をされるのか理解ができなかった。おじいさんは幾重にも刻まれた皺だらけの手に杖を持っている。

「ちょっと人を探していまして」

「そうですか」

何を考えているのだろう。細い糸のような目からは感情が読み取れない。オレはどうしてよいかわからず「急ぎますので失礼します」と立ち去った。

道は細く、うねっている。山里には民家がぽつりぽつりと建っているが相変わらず人気はない。秋の日暮れは早く、午後五時を過ぎたあたりで日が沈んだ。

いい加減何をやっているのだろうか。と思うが足は自分の意志とは無関係に前に進もうとする。いや、自分の意志なのだろうか。オレはこうやって自分で七海ちゃんを探すことで過去の後悔を払拭しようとしているのか。だとしたらとんだ間違いだ。

念のために左右に点在する家の表札を一軒一軒確認しながら歩いている。鈴木、山田、大橋、寺西、大原……江藤は今のところ一軒も確認していない。

夜になり辺りはすっかり暗くなった。さすがに引き返そうと思い、踵を返して歩き始めてしばらくしたところで、男の人二人と男と女が話をしているのを目撃した。その瞬間背筋が凍るような嫌な感じがした。

あの後ろ姿は……。二年以上会っていないとはいえ、肉親の姿は一目でわかる。オヤジだ。オヤジは昔からいつも同じ髪型をしている。オレが小さかった頃も小学生のころも今もずっと刈り上げだ。オシャレになんてまるで興味のないオヤジの服装はいつもポロシャツとスラックスで、忙しい時は無精髭が伸びたりしていた。

どうしてオヤジがここにいる？　オヤジはプライベートでどこかに出かけることはない。いつも仕事仕事仕事。ということは今ここにいるのも恐らく仕事の一環で、聞き込み調査をしているのだろうか。

オヤジが現在何の事件の担当をしているのかは不明だが、高橋七海ちゃん行方不明の捜索をしていてもおかしくない。

何たる偶然だろうか。オレがハガキを拾ったのは本当に偶然なのだ。そしてもしオヤジも七海ちゃんの捜索をしているのならば親子二人が同一人物を探しているということだ。

しばらくオヤジの様子を陰から眺めていたら、頭を下げて初老の男女から去っていく。オヤジともう一人、割と背が高めの人物は同じ刑事なのか。二人は近くに停めてあった車に乗りこんで走り去っていった。

もしかしたら……。もしかしたらこの辺りにハガキに記されていたえとう和子の家があるのかもしれない。オレは再び道路に出てオヤジが立っていたところにある一軒家を眺める。空き家のようで、庭の草木がひどく伸びている。表札はないがこの家はいったい……

その時スマホが鳴った。滅多に鳴ることのないオレのスマホに電話をかけてくるのは一体誰だとディスプレイを確認すると、ありすさんだった。自動的に心が躍るのがわかった。

「はい」

「あ、すみませんお疲れのところ。今日はもうお仕事終わりました？」

そうか、オレは本当なら今日一日仕事をしている予定だったのにキャンセルして例のえとう和子さんを探しにきたなんて言ったら驚かれるだろうか？

「もしもし、聞こえていますか？」

オレがしばらく無言でいると、電波が悪いのと勘違いされただろうか。

「はい聞こえています。ありすさんは仕事終わりましたか？」

「はい、今帰宅したところなんです。それでもしご飯がまだだったら、また一緒にどうでしょう？」

昨日に続いて連続のお誘いにオレの心は跳ね上がる。

「えーと、ご飯はまだなんですが……」

正直に話してみることにした。

「実は今、宇治市にいます」

「え、宇治ですか？」

「実は……」

オレは仕事を休んでハガキを拾った場所の付近を捜索したこと、七海ちゃんの住んでいた児童養護施設に足を運んだこと、そして今現在、えとう和子さんを探して宇治までやって来たこと。そこでオヤジの姿を見たことを説明した。

「自分でもよくわからないのですが、なぜここまでして七海ちゃんを救い出そうとしているのか」

「優しいんですね」

「優しい？」

そんなこと今まで言われたこと一度もない。……あ、いやあった。母さんがオレが小さいころに家で飼っていた金魚が死んでしまった時に涙を流すと、「きょうちゃんは優しい子ね」と言ってくれたのを思い出した。そうか、オレがありすさんを気に入ったのはなんとなく雰囲気が母さんに似ているからだ。

「自分でも無謀なことをしていると思うのですが」

「でも怪しい家を発見したんでしょ？　すごいことですよそれ」

「怪しいと言っても全くの勘違いかもしれない」

「その家について警察に通報はしないのですか？」

そう問われて思わず口ごもってしまった。そうだ、匿名でも怪しい家があることを通報するべきなのだろうか。でも警察に電話をかけるのが嫌で仕方なかった。

「その家のおおよその場所を教えて頂けますか。私が通報します」

ありすさんの突然の申し出に戸惑う。またしばらく無言でいると電話口から不安そうな声で「大きなお世話ですか？」と尋ねられた。

「いえ……決してそういうワケではないのですが」

「もし、林さんの勘が当たっていてその家に七海ちゃんが囚われているのなら一刻も早い通報が必要ではないかと思います」

全くその通りだ。オレが自分でどうにかできる問題ではない。やはり最終的には警察に頼るしかないのだ。

「そうですね」

オレはありすさんにその家の町名と番地を伝えた。

「では通報させて頂きます。あ、匿名で通報するので」

「なんか、わざわざすみません」

「いいえ。これでもし犯人が逮捕されたら林さんはヒーローですよ」

オレがヒーロー？

「オレ、何もやっていないです」

「そんなことないですよ。自分の足で現場に赴いて調査してるじゃないですか。さすが刑事の息子ですよ」

その瞬間嫌な気持ちが心に渦巻き始めた。ありすさんは自分の失言に気づいたのか、

「あっ……すみません。余計なこと言いました」

と謝る。何も間違ったことは言われてないのだが、オヤジのことを毛嫌いしているオレはもやもやしてしまう。

「まだ宇治にいるのでご飯は食べに行けません。すみません」

と言って電話を切った。と、同時に後悔に襲われる。何をやっているんだオレは。自分が好意を寄せている人がご飯に誘ってくれて、親切に対応してくれているのに、不機嫌に電話を切ってしまうなんて。ありすさんに嫌われてしまっただろうか。

オレはうなだれながら、トボトボと歩き始めた。辺りは真っ暗で人影もない。

草むらから鈴虫の鳴く声が聞こえてくる中、自己嫌悪に囚われながら、来た道を引き返していった。

八

署に戻って、刑事課のデスクに座った途端電話が鳴り響いた。植野はトイレに行っているので受話器を取る。

「はい、刑事課の林です」

電話は警察本部の通信指令室からだった。詳しく内容を聞くと、匿名の電話で京都府K市の住宅地にある平屋の一軒家が怪しいとの通報があった。とのことだった。この手の電話はよくかかってくる。もちろん捜査上で情報を頂けるのはありがたいのだが、大概はシロだ。この一ヶ月間、高橋七海さんに似た人物を目撃したという通報が北海道からかかってきたり、川に子どもの遺体が浮いているのではないかといった通報があったり、その度に調査に向かうのだが、北海道の高橋七海ちゃん似の女の子は全然別人だったし、川に浮いていたのは人間ではなくて、一体誰が流したのか服屋などに置かれているマネキンであった。紛らわしいものを流されては困る。

しかし今回の電話主からの情報は、

「ハガキを拾った現場の近くにある民家」とのことで、私は胸騒ぎがした。匿名ということだが、ハガキを拾ったと言っているのであればそのハガキをポストに投函した人物からの電話だろうか。その人の名を知りたかったのに匿名とは。

トイレから帰ってきた植野にその旨を伝える。

「今夜も帰れそうにないですね」

「ああ、有力な情報だ」

「今から行きますか？　もう九時半ですが」

「とりあえず家の外観だけでも確認しに行こうか」

夕飯のカップラーメンは蓋を開けられただけで放置されることになった。

幹線道路から脇道に入ると静かな住宅街で、ごく一般的な二階建ての民家が立ち並ぶ。まだ午後十時なので、仕事帰りや塾帰りの人が通っていく。ハガキを拾ったのは『どんぐり公園』という児童公園の前だと言う。どんぐり公園はその名の通りコナラの木が植えられており、たくさんのどんぐりが歩道に落ちている。辺りに大きな建物はなくて、唯一コンクリート造りの集合住宅があるが、それ以外はすべて戸建ての民家だ。

公園からまっすぐ進んで左に曲がり、しばらく進んだところでさらに細い路地に入るとそこに例の家があった。

古い木造の平屋で、小さな庭には雑草が生い茂っている。

ネームプレートなどがないので一見空き家に見えるが、窓から微かな光が漏れているのに気づいた。

「林さん、こちらの窓から明かりが漏れています」

植野が指さした先には小さな小窓があった。その奥には昔ながらのプロパンガスが置いてある。お風呂かトイレか脱衣所か、おそらくそのいずれかの小窓であろう。しかし玄関やそれ以外の窓からは明かりが漏れていない。ハガキには「まどの外が見えません」と書かれていたので、窓に何らかの仕掛けが施されている可能性が高い。

刑事をやっていて一番担当することの多い事件が窃盗だ。次に痴漢やストーカー被害、その次が暴行事件や傷害事件、車や自転車のひき逃げ、当て逃げと続く。誘拐、監禁事件というのはまれだ。身代金目的でない誘拐となると、女児そのものが欲しいという衝動による犯行だろうか。マスコミが公開している高橋七海ちゃんの写真はお世辞にも美人とは言えないが、それなりに可愛い顔はしている。犯人の目的は性的な暴行か。それとも……。

「どうしましょうか、確かに怪しいですね」

植野が小声で耳打ちする。

「とりあえず普通にインターホンを押してみようか」

午後十時十分という時間は通常ならお宅訪問には迷惑な時間だが、この際構っていられないと、私は古びたインターホンを押した。

しばらくすると、玄関の扉が開いて一人の男が出てきた。その男は風呂上がりなのか肩まで伸びた髪が濡れており、白いTシャツに短パン姿だった。

「なんですか～？」

玄関扉の向こう側には黒い布が貼られているらしく、開いた扉の隙間からそれが見える。

「夜分遅くにすみません。ちょっと道に迷ってしまいまして。あの、K市立中央病院はこの辺りだとお聞きしたのですが」

「K市立中央病院？　ああそれなら幹線道路沿いですよ～。こっから歩いて十五分くらいのところにあります～」

意外にも男は親切に答えてくれた。

「ありがとうございます。では幹線道路に出て右か左かどちらに曲がればいいですか？」

「左です～」

「ありがとうございました」

「はい～」

そう言って男は扉を閉めて鍵をかけた。私と植野は一旦車まで戻った。

「見えたか？」

「いえ、残念ながら」

　匿名での通報で、玄関の土間に女の子の靴が見えたという情報があったので、それを確認したかったのだが、今回はそのようなものは見受けられなかった。

「でも、玄関に黒い幕を張っているのは妙ですね」

「単純に日光が嫌いとかそういう理由もあるが……。玄関の電気はついていないようだったな。おそらく漏れていた光は懐中電灯か何かだ」

「もしかしたらあの小窓から七海ちゃんがハガキを外に放り出したのでしょうか」

　確かに、トイレか風呂かわからないが、小窓には何も細工がしてあるようには見えなかった。小窓の外に木がたくさん見えたというのは、塀の代わりになっている垣根のことだろうか。

「あの小窓から外に投げたハガキが風で公園の前まで飛ばされて……」

「可能性は十分にあるな」

「あの男の素性を調べましょう」

「そうだな」

　私は部下二人を呼び出して例の家の見張りを命じた。現在、高橋七海さん誘拐事件を担当している刑事の数は六名、刑事課以外の捜索チームは他府県からの応援もあり、三百名ほどにのぼっている。警察だけではなく自衛隊も加わり、今日までは、河川敷や施設近辺の空き家など捜索を行っていた。

しかし、本日の夕方に伝えられた情報が、奥歯にものが挟まったかのように、ひっかかっている。刑事課の者が児童養護施設に赴き、ハガキの字と七海ちゃんが書いたノートの文字が適合するか確認したところ本人の直筆ではない可能性があるとのことだった。

小学三年にしては綺麗で左右対称に整った文字だが、はねかたの癖や細かいところなど、文字というのは人それぞれの個性が出る。

「七海さんが書いたかどうか怪しいだと？」

「ええ、でも全く違うともいえないそうですよ。七海さんの字はとても丁寧な字だとのことですが、何とも言えないと」

「中途半端な情報だな」

「解析にはもう少し時間がかかるみたいです」

ハガキは今日警察に届いたところである。仕方がないか。

児童養護施設の園長が涙を流して、「七海ちゃんが生きているのですね、なんとしても無事に帰ってきてほしい」と語る映像があちこちのニュースで流れた。世間の人たちも行方不明が一ヶ月続くと、そろそろ彼女の生存は怪しいと思っていた人が多かったので、彼女が生きていることに喜びの声が多くあがった。

ここからは警察の手腕にかかっている。もし例のハガキを七海さん本人が書いたのなら、一刻も早く彼女を救い出さないといけない。これで「助けられませんでした」なんてことになったら警察の恥である。

署に戻った私と植野はありとあらゆる資料から、犯人を捜す。先ほど訪れた木造の平屋は黒田正一《くろだしょういち》という名の人物の土地で、その男は既に十年前に他界していた。それ以降は空き家になっていたらしいが、黒田正一の一人娘の昭子《あきこ》が、時々家を訪れて手入れをしていたようだ。しかしその昭子も病気を患い、現在は入院中であることがわかった。正一には妻もいたが、妻は正一より先に十三年前に他界している。

黒田家の血筋の者は、正一の弟、その妻、息子、そして正一の妻の清子《せいこ》の妹。しかし、どの人物も既に他界しているか、病気を患って入院していることがわかった。となると、あの男が勝手に空き家に立てこもっているのでは。

過去に犯罪歴のある者のファイルと照合してみるが、一致するものはいない。あいつは一体何者だろうか。歳は二十歳～三十歳くらいに見えた。ふくよかな体型で腹部が出ており、髪は肩まで伸びている。

「植野」

私は自分の席でウトウトしていた植野を呼んだ。

「……？　はっ、すみませんつい」

時刻は午前一時だ。眠いのも仕方ない。

「あの男はどのみち、先ほどの住居を不法占拠している可能性が高い。堂々と立ち退きを宣言できるぞ」

植野は頬杖をついていたので、頬に手のひらの型が残っている。

「そうですか。では早速行きますか」

「とりあえず明日の朝にしよう。我々も少々休まねばならない。早朝五時に出発」

「そうですね」

私がそう言うと植野は大きな欠伸《あくび》をして、部屋の隅にあるソファーに寝転がった。

私も体を休めるため、引き出しからレジャーシートを取り出して床に敷いてアラームをセットして眠ることにした。

こうやって署の床で今まで何泊しただろうか。体を横たえると疲れ切った脳と身体はすぐに睡眠の体制に入った。


私はこの時の行動をひどく後悔している。眠気などに負けず例の平屋に赴くべきだった。

連絡が入ったのは明け方の四時半だった。

「林さん！　申し訳ありません。逃げられました！」

そんな無線連絡で目を覚ました私は一体何事かと問い返す。現場で見張りを行っていたのは若手の山本と並木だったが、どうやら山本の方が眠気覚ましのコーヒーを買いに行き、並木が一人の時に急にお腹が痛くなって、近くに停めてあった車に薬を取りに行ってしまったのだ。要は監視員の二人が目を離した隙に例の家から男が逃げたそうだ。

「どうして逃げたことがわかった!?」

家の裏の路地に停めてあったママチャリが消えていることに気づいた並木が、もしかしてと思って辺りを見渡すと、女児を後部座席に乗せた男が走り去る姿が見えた。慌てて、車に飛び乗り追いかけるが、この辺りは細い路地が多く、車が入れない狭い路地へと入っていった。並木は車から降りて走ろうとしたが、お腹が痛くて走れなかった。その時山本は悠長にコーヒーを二本手に持って帰ってきたところ車がなくて驚いた。という話であった。

そうだ、確かに家の裏の路地に自転車は停めてあったが、それは別の家のものだと勘違いしていた。まさか自転車で逃走を図るとは。そして相手はただのバカではないということだ。

夜に私と植野が訪れた際に、刑事だと悟られてしまった。それから見張りがついていることも理解しており、見張りの目が一瞬途切れた瞬間を狙って逃げた。

「何やっているんだ！　コーヒーなんて交代の時間まで我慢しろ！」

思わず無線の向こうの並木を怒鳴ってしまう。ご、ごめんなさいと慌てる並木はまだ刑事になって三年目だ。山本は八年目だが、どちらにしても間抜けすぎる。

「自転車ならそんな遠くまで行っていないはずだ。辺りを包囲する」

私の指示で一斉にパトカーや白バイが例の平屋付近から半径二キロ圏内を囲む。

早朝にけたたましくサイレンを鳴らして大量のパトカーがやって来たので、住民たちは何事かとざわついている。K市以外の外部の市町村からも全部で十六台のパトカーが応援に来て、道を封鎖して検問をすることにした。

さらには機動隊まで出動する。何としても七海さんを無事に保護するのだ。

しかし自転車はどこへ行った。決して新しいとは言えない昔ながらのママチャリで色は紺色だった。私と植野も現場へ駆けつけようと署を出ようとした時、さらに無線連絡が入った。

「自転車を発見しました！」

どうやら連絡によると例の自転車はハガキが落ちていた路地にあるどんぐり公園に停められていたそうだが、犯人と七海さんの姿がないとのことだった。

「近くにいるはずだ、探せ!!」

早朝の住宅街に包囲網が張られ、犬の散歩をしているおじいちゃんまで検問の対象になっている。人っ子一人外には出すまい！

拡声器で住民に呼びかける。

「女児誘拐事件の犯人が近くにいる模様。住民の皆さまは警察の指示があるまで家の外に出ないでください」

家の外に出ないでくださいと呼びかけているのに、一体何事かと玄関を開けて住民が外の様子を窺ったりするからややこしい。

上空から人や車の動きを監視するためにヘリコプターを飛ばした。

どこで情報を嗅ぎつけたのかマスコミが集まり始めたがはっきり言って邪魔である。私と植野は署に残って、情報を集めることにした。

「〇〇宅で体調不良者が発生、救急車が通ります」

「〇〇宅前にて女児の姿を発見。しかし別人の模様」

自転車を乗り捨てたとなると相手は徒歩だが、今のところ人の動きはそれくらいである。ということはどこかの空き家、倉庫などに立て籠もっている可能性が非常に高い。一斉に範囲内の空き家の捜索が行われる。

九

疲れ果てていたのかオレはぐっすり眠っていた。電話が何コール鳴ったのかわからないが、なんとなくうっすらした意識の中で「音がうるさいな」と枕元のスマホを手繰り寄せて薄目のままディスプレイを確認すると、ありすさんだった。

「はい……」

「ごめんね朝早くに。驚くと思うけど驚かないで。あの……七海ちゃんが見つかったの」

思いがけない報告に一気に目が覚めた。

「えっ!?」

驚かないでと言われても驚くしかない。

「あの……」

ありすさんが言葉に詰まっている。

「どこで見つかったのですか!?」

自分でも意外だと思うほど大きな声が出た。

「あの……今自分の家に、犯人と一緒に……」

今度は驚きすぎて声が出なかった。ありすさんの家に誘拐犯と七海ちゃんがいる!?　ということは、ありすさんまで誘拐されるっていうのか!?

「あの、大きな声を出したりしないで。私は大丈夫だから」

大丈夫と言われても大丈夫な気がしない。

「落ち着いて事情を説明するわね。実は……」

ありすさんの話はあまりにも非現実的でとんでもない話だった。

「それでどうしたらいいんだろうって……。本当は林さんにここに来てほしいんだけど……」

頭の整理が追い付かない。ええと、実は誘拐事件は誘拐事件でなくて、犯人というより七海ちゃんを保護していた人物は実は自分の弟で、警察に捕まりそうになったから姉の元へ連れてきたそうで。

七海ちゃんは自ら誘拐されることを望んだ。七海ちゃんが過ごしていた児童養護施設では、園長やその他職員から言葉の暴力を度々受けていた。体罰ならばアザなどが残り証拠となるが、言葉なので証明できずにいたらしい。そこで誘拐されることを思いついた。なぜそんな大がかりなことを思いついたのかというと、七海ちゃんも警察を憎んでいるらしい。

ある日の帰り道、養護施設に帰るのが嫌になった七海ちゃんは、通りすがりの男に突然「私を誘拐してくれませんか?」と頼み込んだ。その男が例の男だったらしい。

最初は一体何の冗談かと思ったその男も、七海ちゃんの話を聞いているうちに本気で同情することになる。親に虐待され養護施設に保護されたのに、その養護施設では、「ノロマ」「あーあ、さっさと十八になって出ていけばいいのに」みたいなことを連日言われていたらしい。当然だが養護施設の職員は隠れて暴言を浴びせており、表向きにはとてもいい保育員や職員を演じている。その話を聞いて鳥肌が立った。

というか、あの時会った髪がボサボサの男がまさかありすさんの弟だったとは。一瞬顔が似ていると思ってしまったがそりゃ兄弟だから似ていてもおかしくない。

カーテンを開けるとさっきからけたたましい声で「誘拐犯が近くに潜んでいる可能性があります。ご注意ください。家から出ないでください」というアナウンスが何度も流れている。

「おそらく警察が一軒一軒家をまわっていると思うの」

ありすさんがそう言う。聞きたいことは山のようにあるが、七海ちゃんは警察に保護してもらえばいいのでは? そう尋ねるとありすさんがこう答えた。

「警察に保護されても、その後またどこの養護施設に入ることになるかわからないから嫌なんだって。でもいくら誘拐を頼まれたからって龍《りゅう》も龍よ。本当に誘拐してしまうなんていくら本人の頼みでも犯罪であることは間違いないわ」

　龍というのは、弟の名前か。

「そして今現在このままだと匿《かくま》っている私にも罪があるということになるわ。もちろん警察に通報しようと思ったんだけど……」

　電話口から「いやだ！　お願い、けいさつには通報しないで！」という可愛らしい女の子の声が聞こえた。

「七海ちゃんですか？　どうして警察に通報しないの？」

「だって、りゅう兄さんがタイホされてしまう。あとけいさつなんて大きらい」

　りゅう兄さんと親しみを持って呼ぶ彼女は自分が一体何をやっているのかわかっているのだろうか。

「七海ちゃん、小学三年生なんだよね？　自分のやっていることがどれだけ人に迷惑をかけているかわからないの？」

　少々怒り口調でそう言ってしまったが、オレだってどれだけ迷惑をかけてきたかわからない。どの口が言っているのだろう。

「そもそもどうしてハガキなんて落としたの？　それ、オレが拾ったんだ」

「ハガキ?」

　すると、ありすさんが、

「七海ちゃんに代わるわね」と言い、七海ちゃんと電話越しに話すことになった。

「ハガキって何？」

「君が助けを求めるために書いたんじゃないの？」

「何のこと？」

どういうことだ？　オレが拾ったあのハガキは七海ちゃんが書いたものではないのか!?

「嘘はついたらだめだよ」

「うそなんて言ってないよ。本当に何のことかわからないの」

ということはあのハガキは一体……。とにかくハガキは一旦置いておこう。混乱する頭を必死で整理する。

「オレも警察が嫌いだけど、どうして警察が嫌いなの？」

電話の向こうの七海ちゃんの表情は見えないが、きっと苦悶の表情をしているに違いない。

「だって……。私なんかいも言ったんだよ。学校の帰り道にこうばんに寄って、おまわりさんに、ようご施設の人がひどいこと言うんだって。そうしたらそうかそうか大変だねって。他人事みたいで、それ以上何もしてくれないの」

なるほど。体罰などで明らかにアザなどがある場合はともかく言葉の暴力は目に見えないから小学生のただの愚痴だと思われたのか。とは言っても、もっと親身に話を聞いてあげたらいいのに。

「だからイヤになっちゃって」

「でも急にいなくなったら周りの人がびっくりするだろう」

正論を述べる自分に虫酸が走る。オレだって散々万引きにオヤジ狩りにひどいことをやってきたはずなのに。

「ごめん、ありすさんと電話代わってくれる？」

電話口の相手がありすさんに交代された。

「一部始終、理解できた？」

「なんだかとんでもない話ですね……」

「ごめんね、林さんを巻き込んでしまって」

「いえ、でもやっぱり警察に通報するしかないんじゃ……」

「あ、なんか警察っぽい人がこの周りをうろうろしているよ～」

電話越しに男の声が聞こえた。龍さんか。龍さんも何を考えているのだろうか。

ありすさんの家もオレの家もどうやら包囲網の範囲に入っているらしい。

「もう、おとなしく警察に出頭しなさい！」

ありすさんが弟をそうたしなめる。

「うーん、そうだね～。七海ちゃんさえ良ければ」

「りゅう兄さん、タイホされちゃうの？」

「そうだねぇ～。あ、でももしかしたらされないかも」

「何呑気なこと言っているのよ！　もう、私が警察に話をつけてくるわ！」

そう言ってありすさんは外へ出ていったのかドアが閉まる音がした。スマホは通話状態のままだ。

「えっと～、林さんですよね～？」

電話口に出たのは龍さんだった。

「はい」

「仕方がないので出頭してきます～」

「そうですね。それがいいと思います」

「七海ちゃんごめんね～」

「やだ、りゅう兄さん、またりゅう兄さんの作ったりょうりが食べたい！」

電話越しに聞こえる会話では七海ちゃんと龍さんの仲は良好で、決して幼女監禁などではなかったことがわかる。

「大丈夫だよ～。多分すぐに出てこれるから。そしたらまた料理作ってあげるね～」

語尾を伸ばす癖はともかく、あの時見た龍さんの姿からは想像もできないくらい優しさに溢れた言葉を残して電話が切れた。

これで一件落着……ではない。あのハガキを書いたのが一体何者なのかという疑問だけが残った。

テレビやネットは大騒ぎだった。そりゃそうだろう。一ヶ月行方不明になっていた小学生の女の子が無事見つかり、実は誘拐が本人の要望だったという奇想天外なこの事件をマスコミは面白おかしく報道している。

そして七海ちゃんが住んでいた児童養護施設のブラックな部分が世に明るみに出た。七海ちゃんが行方不明になって涙を流していた園長は、とんでもない人だった。七海ちゃんや他数名の子をターゲットに言葉の暴力をあびせたり、夜遅くまで掃除をさせたり、一部の子たちへの虐待的行為が明るみになった。しかも被害を受けていたのは全員女子でかわいい子たちばかりであった。これは園長が昔、自分の容姿でいじめられたことが原因らしくて、容姿の整った子への嫉妬心が大人になってからも消えなかったそうだ。いい歳した大人が何をやっているのかと呆れて声もでない。

七海ちゃんはどうしているのだろうか、と思いながらオレは日雇いのバイトに復帰した。とにかく生活費を稼がなければ生きていけない。忙しい中で何度もあのハガキのことが頭をよぎったが、むずがゆい気持ちのまま謎はどこまでも謎のままだった。

十

とんでもない事件だった。小学三年の女子児童が自らさらわれることを望むなど、よほど辛い生活を送っていたのだろう。直接本人に会って、非常に利発な子であることがわかった。しかし彼女の表情はとても暗く、目の下が窪んでしまっていた。

再び保護された高橋七海は今度も児童養護施設に入る他、選択肢がないであろう。

しかし、彼女は養護施設に対しても、警察に対しても……いや、世の中のすべての大人に対して不信感を抱いている。無理もないか。

唯一、彼女を監禁していた……いや、保護していた藤川龍に対してはある程度心を許しているようだ。その証拠に「りゅうさんをたいほしないで」と何度も訴えていた。

藤川龍は、高橋七海が好きなオムライスを作り、クッキーやチョコレートをコンビニで買ってきて食べさせた。女児の服もリサイクルショップで何枚か購入している。何を考えているのか表情からは全く読み取れない、あっけらかんとした彼は不思議な雰囲気を醸し出している。

何はともあれ高橋七海さん誘拐、監禁事件は幕を閉じ、私は再度K市の藤川夫妻殺害事件の担当をすることになった。

「林さんおかえりなさい」

新藤がニコリと笑ったが、私はどうも腑に落ちない。

「今回の事件は異例でしたね。でも七海さんがご無事でよかったです」

確かに、遺体発見とならずに済んだのはよいが、彼女のこれからの人生を思うと万歳と喜べる状況ではない。

「捜査の方は進んでいるか？」

私がそう尋ねると新藤が苦笑いした。

「なかなか厳しいです」

「そうか」

「林さんが気になさっていた遺書のポストカードの筆跡は相変わらず誰のものなのかわからずじまいです」

新藤の机の上にはパソコンの他に参考資料などが山積みになっている。

「今回の事件もハガキが届いてから急展開を迎えましたが、メールやＳＮＳが主流の時代にハガキでこんなに悩むと思っていなかったですよ」

新藤の言うとおり、高橋七海さん誘拐、監禁事件の解決のきっかけとなったのは一枚のハガキだ。しかしそれは彼女が書いたものではないと主張している。そもそも、デジタル主流の社会になって、ハガキなど使用したことのない子どもも多いであろう。植野が自分の子は切手が一体なにか知らないはずですよ。ハガキはかろうじて担任の先生から年賀状が届くので知っている程度でしょうね、と言っていた。

「例のハガキ」

「はい？」

「いや、高橋七海さん誘拐、監禁事件の解決のキッカケとなったハガキから検出された指紋の数は全部で四つだ。一つはおそらく郵便局の職員が触ったものだと思われる。そして、誰かは不明だがポストにハガキを入れた人物、もしくは……」

「犯人が入れたってことですか？」

新藤が私の目をじっと見る。私の心を読んでいるのだ。

「二つの事件の共通点ですね」

「ああ、私の勘違いかもしれないが、この二つの事件はどこかで繋がっているのではないか」

根拠のない私の推理に新藤が黙って頷く。

「二つともハガキが関わっている。そして七海さんを保護していたのは殺された藤川夫妻の子どもだった」

「考えすぎだろうか」

「あながち間違っていないかもしれないですよ」

新藤といい植野といい高学歴で頭がいい。特に新藤は真面目で冷静。あまり私情をもちこまずに淡々と仕事をするタイプだ。

「藤川伸之と春子の人間関係をさらに遡っていくしかないですね」

「頼んだよ。私は聞き込みに行く」

「どこか宛てがあるのですか？」

「ちょっとな……」

今回の事件で一番驚いたこと。それは、逮捕された人物が藤川夫妻の息子、藤川龍だったことと、その姉のスマホの発信履歴の名前が『林響介』だったことだ。

同姓同名かと思ったが、あの時包囲した範囲内に私の息子が住んでいるということがわかった。家を出てから音沙汰なしで、どこに住んでいるのか何をしているのか全く不明だったが、まさか自分の息子の名前を目にすると思っていなかった。

藤川ありすの供述では、たまたま知り合った友達ということだが、息子が事件に関わっている可能性は十分にある。今回逮捕したのは藤川龍のみで、他の者は処罰の対象にはならなかったが、その姉、藤川ありすの発信履歴は五時五十五分。藤川龍を捕えた時間は六時三分だ。藤川ありすへの事情聴取で、「林さんに相談した」と言っていたが響介は何をどこまで知っていたのだろうか。

日が暮れて、茜雲が夕闇に包まれるころ、私は響介の住むアパートの部屋を訪れる。インターホンを押すが留守のようなのでしばらく待つことにした。

若いころは待ち時間の度に一服していたが、煙草は三年前に辞めた。理由は単純で世の中が禁煙モードになり、路上や公共の場も次々吸えない場所へと変化し、一服する場所を探すのが面倒になったからだ。当たり前のように煙草を吸っていた行きつけの喫茶店も今は禁煙で、町の公園も禁煙、デパートもスーパーも駅もどこもかしこも禁煙だ。

口が寂しくなるので、ポケットからガムを取り出して口に放り込む。響介は私の姿を見たら逃げ出すだろうか。あいつも今は二十歳のはずだ。最近は検挙されたりはしていないようだが、どこで何をしているのだろうか。

個人的に聞きたいことは山のようにあるが、今はとりあえず刑事として事情を聴きたい。

二時間が経過して足がだるくなってきたころに彼は帰ってきた。自分の家の前に父親がいることに気づいた響介は明らかに怪訝そうな顔をしたが逃げはしなかった。

「……なに？」

コンビニの袋を片手に持った響介は日に焼けて筋肉がついたようだ。

「K市警察署の者です。事情聴取にご協力願いますか」

業務的に話すと、響介は一瞬眉をつりあげたが、「どうぞ」と言って家の鍵を開けた。中は六畳の和室で、プラスチック製の衣装ケースと折り畳みの机、そして布団が敷いてあるだけの質素な内装だった。

「仕事ですか？」

私がそう尋ねると、響介はコンビニの袋から弁当を取り出しながら「敬語だと気持ち悪い」と言った。

「じゃあ、普通に接するぞ」

私の言葉が聞こえているのかいないのか、無言のまま響介は弁当を食べ始めた。

「この間、高橋七海さんが保護された際に一緒にいた藤川ありすさんのスマートフォンの発信履歴にお前の名前があった。時刻は七海さんが保護されるほんの数分前だ。藤川ありすの供述ではお前は友達で、突然自分の弟と七海さんがやってきたから驚いてお前に相談したとのことだ」

響介は今のところ最初に私を見た時以来、目線を合わせようとしない。

「その通りだけど、何か」

「ああ。七海さんは保護されてそれでよかったのだが、このK市で五ヶ月前に殺人事件があったのは知っているか？」

私の言葉に息子が箸を止める。

「……ありすさんのご両親」

「やっぱり知っているんだな」

息子は再び箸を動かし始め、大きな白身フライを口にほおばった。

「お前はどうして藤川ありすと友達になったんだ？」

口をもごもごご動かして飯を豪快に食べている。さらにペットボトルのお茶も勢いよく飲む。

「それってプライバシーじゃないの」

「我々は単に事情を知りたいだけだ」

「事件が解決したのに？」

「殺人事件の方はまだ解決していない。犯人はまだ捕まっていないんだ」

響介が卵焼きを口に放り込む。それを見ていると急に自分もお腹がすいてきた。

「貧血」

「え？」

「オレ、仕事中に貧血で倒れたの。それで運ばれた病院の看護師がたまたまありすさんだった」

なるほど、藤川ありすは確かに看護師だ。

「念のための確認だが、お前は高橋七海さん誘拐、監禁事件には一切かかわっていないんだな？」

相変わらず目線を合わそうとしない息子は急に立ち上がり冷蔵庫からビールの缶を取り出した。このタイミングでビールを飲むのか。最初に飲まないのか。と思ったがそれはどうでもいい話なので、言葉を呑んだ。

「関わってないよ」

淡々とした答え。家を出ていってから二年半だ。高校の卒業式の翌日、深夜に帰宅した私は響介の部屋がもぬけの殻になっているのを確認したが全く驚きはしなかった。きっと大人になったら家を黙って出て行くのではないかと予測していたからだ。

「そうか」

「用が済んだら帰ってくれないかな？　オレ疲れているんだ」

「そうだな、悪い」

息子が事件に関与していないことに安堵しながらその場を立ち去ろうとしたら、意外にも息子の方から声をかけられた。

「七海ちゃんはどうなるの？」

「え？」

「どっか別の養護施設に入るの？」

意外な質問だった。響介が赤の他人である少女のことを尋ねるなんて。

「なんでそんな質問をするんだ」

「いいから答えろよ」

「……今、受け入れてくれる児童養護施設を探しているようだ」

「ようだってことは警察の管轄ではないってことだな」

「随分と七海ちゃんのことを気にかけているんだな」

ビールを飲み終えた響介は畳の上にゴロリと寝転がった。

「今度こそ、幸せになってほしい」

私は耳を疑った。万引きを繰り返し、警察に何度もお世話になっていた息子が他人の心配をしているなんて。

「響介、大人になったな」

「……」

それ以上彼は言葉を発さなかったので、玄関の扉を開けて立ち去ろうとしたら、再び声をかけられた。

「オヤジ」

「何だ？」

「ごめんやっぱり嘘はつけない。オレなんだ、あのハガキ拾ったの」

「えっ……!?」

今度こそ本当に耳を疑った。

「ほら、えとう和子さん宛に書いたハガキがあっただろう。あれ、最初オレが拾ったんだ」

刑事を務めて二十年以上の私は日頃、大抵の事では動揺しないのだが、この時ばかりはひどく心臓が波打っているのが分かった。

「お前が拾ったのか……」

「ああ、書いてあった通りポストに入れたんだ」

「どこで拾ったんだ?」

「今から行ってみる?」


夜の公園は人気《ひとけ》がなく一方通行の道は時折車が走り去るが、とても静かだった。秋も深まる頃だが、松虫の鳴き声が聞こえてくる。

「ここだよ」

暗闇の中、アスファルトの上に丸いものが無数落ちている。昼はかわいらしいどんぐりも、夜になるとただの無機質な物体にしか見えない。

「拾ったのは何月何日の何時くらいだ?」

「えっと……十月十六日の午後十時半くらい」

「その後すぐポストに入れたのか？」

私の質問にバツが悪そうな顔をする息子。

「実はほんの少しだけ、七海ちゃんを探してみようと思ってしばらく持ってたんだ。ポストに投函したのは三日後くらい」

確かに、警察署に例のハガキが届いたのは十月二十日の朝だった。

「なぜ、ポストに入れる前に警察に通報しなかったんだ？」

息子は相変わらず視線を合わそうとせず、ぼんやり光るＬＥＤの電灯を見ている。

「……オレ、警察嫌いだから……」

なるほど。私が刑事をやっていることもあるし、過去に何度も検挙されている息子が警察に自ら連絡をしたくないのは納得できた。

「それで、七海ちゃんを探してみてどうだったんだ？」

質問すると、息子がふうとため息をついた。

「それって言わなくちゃいけないのか？　もう事件は解決したんだろ？　てかオヤジは一体何の事件の担当をしているんだ。殺人の方じゃないのか？」

確かに、高橋七海さん誘拐、監禁事件はもう解決したが、ハガキの書き手が誰なのかという謎が残っている。この際話してみようか。

「実は、例のハガキだが、高橋七海さんは書いた覚えがないと言っている」

息子は一瞬だけこちらを見た。が再び目線を外す。

「知っているよ」

「えっ、知っている!?」

「藤川ありすさんがオレに電話してきた時に、七海ちゃん本人から聞いたんだ」

「そうか……」

ピザの配達のバイクが通り過ぎて、ガーリックとチーズの食欲をそそる香りが漂った。

「さっきの質問の答えだが、昨日まで高橋七海さん誘拐事件の担当で、今日から藤川夫妻殺害事件の担当になった。これは勝手な憶測で……もしかしたらこの二つの事件がどこかで何らかの形で繋がっているんじゃないかと思っている」

話しすぎただろうか。でももしそれが本当だとしたら、息子から話を聞くのは決して間違っていない。

「それって、藤川夫妻の息子が誘拐犯だったたってことで?」

「それもあるけどポストカードだ」

私は息子の方を向き直った。高校生の頃より少し凛々しくなった息子の横顔をじっと見つめる。

「ポストカード?」

「ああ、藤川夫妻はポストカードに遺書となる言葉を残していた」

そう言うと息子は何かを思い出す素振りをする。

「ああ、確か夫人の方がポストカード作成が趣味だったとか……」

「それもあるけれど、同じK市内で起こった事件で二つともポストカード、つまりハガキが関わっているというのは何か臭うと思わないか？」

響介は中学高校の成績は散々だった気がするが、妻の由香が「響介はとても賢い子」って言っていたのを思い出した。私自身は息子と向き合ってこなかったので本当に賢いのかどうか把握していないが由香が言うなら間違いないはずだ。

「……オレは刑事じゃないから何とも言えないよ」

やはり話しすぎただろうか。刑事は一般人には必要最低限のことしか教えない。例え相手が息子であっても。

「えとう和子さんには会えたの？」

「いや、彼女は四ヶ月前に亡くなっている」

私の返答に少し表情を曇らせた息子は一体何を考えているのだろうか。

「なぁオヤジ、ななみって本当に死んだのか？」

「えっ、高橋七海さんは生きている」

「そうじゃなくて、奈々美だよ。自分の娘」

そうか、もしかしたら響介は自分の妹の奈々美と今回の事件の被害者……いやある意味加害者の高橋七海さんをどこかで被せているのかもしれない。

「死んだよ。失血死だ」

由香と奈々美が亡くなったのは大阪市内のマンションの一室だったので私は全く関与していないが、大阪市警から連絡をもらった。

「葬式は？」

「出席していない」

「母さんには身寄りがなかったんだろ。じゃあ葬式自体行われていないんじゃないか？」

そうだ、由香の両親は早くに亡くなっているし、由香は一人っ子で兄弟姉妹もいない。葬式をしたところで一体誰が参列するのかよくわからない。そりゃ奈々美のクラスメイトや担任の先生は線香をあげに来たかもしれないけれど、私がその場に喪主として立っているのは耐え難かった。つまり逃げたのだ。私は妻と娘の死がすぐに受け入れられず、逃げたのだ。火葬のみ行って、遺骨は由香の両親が眠る墓におさめた。

「火葬は私が行った。だから二人が死んだのは間違いない」

気づけば息子が私をにらんでいた。無理もない。どうして火葬の時に自分を呼ばなかったのか。その時に母と妹が死んだ旨を響介に伝えられず、隠していたことも。響介に知られるのが怖くて、家のテレビ線を抜いていたことも新聞を隠したことも。自分の弱さがそうさせた。

「私のせいだ」

私は跪《ひざまず》いて、両手をアスファルトにつけた。

「私のせいで由香と奈々美は死んだ」

いくら土下座をしたって二人は帰ってこない。

「やめろよ。今更謝られても困る」

「私が仕事ばかりに夢中になっていたから、母さんの病気にも気づかなかった」

「もういいよ」

息子にこうやって謝らなければと思っていた。ずっと思っていたのに逃げ続けていた私は初めてこの時、涙が流れた。

「だからさ、偶然だけど名前が同じ七海ちゃんには幸せになってほしいんだ」

いつの間にこんなにしっかりしたんだろうか。息子はもう立派な大人に成長していた。

「藤川夫妻を殺害した犯人も絶対捕まえる。お前の大事な友人の両親だ」

この時私は覚悟を決めた。何としても殺人犯を捕まえる。自分のために、息子のために、そして、両親を失った息子の友人のために。

「ラーメンでも食いにいくか？」

頭をあげた私は自然とそう誘っていた。

「さっき晩御飯食ったって。見てただろ」

「私はまだなんだ。腹減った」

「一人で食べろよ」

「まぁ付き合えよ」

息子はため息をついて渋々ついてきた。私がよく行くラーメン屋さんは深夜の一時まで営業している。

「おっちゃんラーメン二つ」

「あいよっ」

昔ながらの中華料理の店で、仕事に行き詰まっている時によくここへ来るのだ。

「オレいらないって」

「若いんだから食べられる」

「若くても胃の容量は決まっているよ」

「まあそう言うなよ。ここのラーメン美味いから」

やがて熱々のラーメンが二つ運ばれてきた。昔から変わらない醤油味。煮干し風味のスープでチャーシューが二枚、刻みネギと半熟卵がのっている。

なんだかんだ言っても息子は無言のままラーメンの汁まで飲み干していた。

「ほら、食えただろ」

「お金払ってくれるんだろうな」

「もちろん」

「また、たまには一緒に食べよう」

そう言ってみたものの息子からの返事はなかった。

「墓参りに行きたい」

店を出た響介がそう言った。

「母さんと奈々美のか」

「もちろんだよ」

「わかった、今日は遅いから今度休みの日に」

「休みの日があるのか？」

私は返答に詰まってしまった。藤川夫妻殺害事件がまだ解決しておらず、さっき必ず犯人を捕まえると意気込んだのに、休みなんてあるのだろうか。そんな私の心を見抜いたのか息子がまたため息をついた。

「仕事人間らしく、ちゃんと働いて犯人逮捕してくれよ。墓の場所さえ教えてくれたら一人で行くよ」

「わかった」

私は鞄からメモを取り出して墓の地図を書いた。

「じゃあ」

メモを受け取った息子はそっけなく去っていく。

「母さんは百合の花が好きだったぞ」

私の言葉に少しだけ響介が振り返る。

「知ってるよ」

そうして二年半ぶりに再会した息子は去っていった。

十一

真っ白な百合を抱えて、やってきたお墓は高台にあった。見晴らしが良くて遠くに海が見える。ほんのりと潮の匂いのする風と百合の香りが混ざりあって、どこかほっとした気持ちになる。

「景色が綺麗」

今日、お墓参りに行くとありすさんに言ったら一緒に行くと言うので二人でやってきた。電車に揺られて約二時間の間、オレはオヤジと会った話をした。

「お父さんと和解出来てよかったね」

そう言われてなんだかむずがゆい気がしたし、オレの方は和解したとは思っていない。でもたった二年半ぶりなのに、オヤジの頭には白髪が増えて急に十歳くらい老けたように見えた。

「ありすさんはどう？　マスコミとかもう大丈夫？」

あの日、ありすさんのアパートで高橋七海ちゃんが保護されて、さくら荘は全国的に有名になってしまった。と、同時にマスコミに追われる日々になってしまったありすさんは一週間、病院に泊まり込んで仕事をしていたらしい。

「私が看護師長にそうお願いしたの。家に帰ってもパパラッチが待ち構えているから病院にちょっと住ませて下さいって。そうしたら、毎日夜勤してくれる人がいて嬉しいわなんて言われて。本当に毎日夜勤番になってしまったのよ。昼に休憩室のソファーで横になる程度であとはずっと働いていたわ」

と言って彼女は苦笑いをしていた。

「龍さんはどう？」

「そうね、逮捕されたのにケロッとしているみたい。あの子は昔からそうなのよ。何があっても簡単には動じないし、言われたことをそのまま鵜呑みにしちゃう。まぁそこまで悪いことはしていないからすぐに出所できるんじゃないかって。七海ちゃんと一ヶ月間暮らしていた間も、彼女に栄養のあるものをしっかり食べさせて、服も買ってあげたみたい。でも本人は実はホームレスっていうかネットカフェ住人だったから、勝手に空いている家を利用してしまってそれは反省しているって」

「空き家って水道とか使えたんですか？」

「そう、水道が止まっていなかったんだって。電気は止められていたみたいだから、夜は懐中電灯で過ごして、ご飯を作るのにはカセットコンロを利用したって言ってたわ。龍とは長いことずっと会ってなかったのよね。私たち姉弟三人バラバラに暮らしているから」

電車の席で少々疲れた顔をしている彼女は、黒いワンピースを着ていた。墓参りなのにわざわざ喪服のような恰好をしてくれていて、なんだか申し訳なかった。

「兄弟って確か妹さんもいるんですよね？」

「そう、妹もいるんだけど連絡先知らなくて」

「それもまた珍しい話ですね」

特急列車の中で、オレはスルメを食べていた。

「てか、なんでスルメなの？　ビールは？」

「いや、お酒は飲まないです。単純にスルメが好きで」

「ペアギングのやきそばより？」

「ああ、どっちも捨てがたいですね」

オレがそう言うと彼女が笑う。

「妹はしっかりしているけどちょっと浮世離れしているっていうかどこで何して暮らしているのか時々心配にはなるんだけど」

「小さいころは一緒に暮らしていたんですよね？」

「そう、妹も龍も一緒に暮らしていたわ。集合住宅で狭かったけど小さいころはよく一緒に遊んだな」

ありすさんの妹を想像してみる。顔は似ているのだろうか。髪は短いのか長いのか。

「三人バラバラになっちゃったのは、私が十七歳の時……。実はそれより前に実家から私たち三人は別の場所に移っていたの。ええと、十年前かな。私が中二で妹が小六、龍なんてまだ小学四年生だったな。当時、三人目の奥さんと離婚したあと父がヤケクソでギャンブルをやっていて、悪い業者からお金を借りてね。やくざみたいな人が毎日押しかけてきて。でも父は大概遊び歩いていることが多くて家にいなかったから子どもたちだけじゃどうしようもない状態で。私は何とかして妹と弟を守らなきゃって必死だった。取り立ての人たちが土足のまま家に上がり込んできて、机を蹴飛ばしたり、物を放り投げたりするものだから、危険だと判断して、三人で家出したの」

　ありすさんの壮絶な過去の話をただ、黙って聞く。

「家出して、私の本当のお母さんの元を頼った。実は住んでいる場所を知っていたから。母さんは事情を聞いて私たち三人を保護してくれたわ。それでしばらくは安泰だったの。中学は不登校だったたって前に話したけど、不登校だったのはちょうど中二の時で、母には学校に行くと言って家を出て実はバイトしてたの。年齢を胡麻化して家から離れた飲食店で働いていた。母は看護師だけど一人で三人も養うのは大変だろうって思って。でもさすがにバレちゃって……。それで高校は真面目に通うことにして、柔道部にも入って友達もできて充実していたわ。でもね、私が十七歳になった時、どこから情報を聞きつけたのかまた例のやくざがやってきたの。父はずっとお金を返していなかったみたいでもう怒り狂っていて。突然、妹と私をどこかに連れていこうとした。でも私の母が阻止しようとその人を思いきり殴って……。そうしたら、もう手がつけられないくらい怒り狂ったその取り立て屋が母にナイフを突きつけて。頭が真っ白だった。とにかく私が何とかお金を返すから、母を解放してくれと頼んだ。そして妹と弟に逃げるように指示を出した。その取り立て屋は「わかった」と言って、私をつまみだして、車に乗せられたわ。どこへ連れていかれるのかもう怖くて怖くて……。辿りついた先は大阪の風俗店。そこで働かされていたの。ごめんね。なんか軽蔑するよね……」

風俗店。今のありすさんからは想像もつかないが、自分の好きな女性が他の男に汚されていたなんて思うと怒りで喉が熱くなった。

「軽蔑なんてしません。その後どうなったんですか？」

「そうね……一年ほど働いていたけれど、隙を見て逃げ出したわ。私は昔から看護師になりたいって夢があったから、住み込みで大阪にある食堂でバイトをして、お金を貯めて、一人暮らしを始めて、看護の専門学校に通って看護師になったの」

「そうですか……」

なんと答えればよいのであろうか。大変でしたね。それはお気の毒でしたね。どの言葉も軽薄な気がした。

「妹と弟の行方がわからなくなって心配だったから、龍と会えてホッとしたけど、妹はどうしているのかな……」

ありすさんは自分よりおそらく年上だろうと予想はしていたが、二十四歳だそうだ。

お墓はしばらく誰も参っていないのか、周りに雑草が生えていたので抜いて、花立てを綺麗に洗い、持ってきた百合を添えた。線香を数本立てて両手を合わせて拝む。隣でありすさんもしゃがみ込んで、一緒に拝んでくれた。

「今日はありがとう、急についてきてごめんね」

「いや、お礼を言うのはこちらの方ですよ。わざわざ遠方まで来てくれて」

「林さんはお母さんと妹さんが大好きだったのね」

大好き。そうだな好きだったな。可愛い妹と優しい母の記憶は毎年どんどん薄れていって、ぼんやりとしか思い出せないけれど、それでも心のどこかに常に二人の笑顔があった。

「あの……」

「ん、何どうしたの？」

聞いてもいいのか迷ってしまう。

「聞きづらいことなのかな？　もしかしてうちの両親のお墓について」

心を読まれてしまった。亡くなった二人はどこに埋葬されているのだろうか。

「はい、ありすさんがオレの母と妹の墓参りをしてくださったんだから、オレもありすさんのご両親に線香の一本でもと思ったんですが……」

「私の両親の墓は京都市内よ。東山の大きな墓地。まぁ両親って言っているけど、私の母は自分を産んでくれた母のみで、春子さんは申し訳ないけど赤の他人だと思ってる。一応は義理の母ということになるから」

ああ、あそこか。京都市内にある広大な墓地を思い出す。

「ありがとう、そうね……あんな親でも時々は墓参りくらいしなくちゃね」

ありすさんは笑っているが、心の中では一体何を思っているのだろうか。

「あの……ありすさんの産みの親、つまりお母さんは今どこにいらっしゃるのですか？」

聞いていいのか迷ったが、気になった。

「お母さん？　京都市の右京区に住んでいるわ。私の母もね、看護師なの」

「さっき言ってましたね」

「ええ。だから私は自分も看護師を目指そうと決めたの。借金取りがその後母に変なことをしていないか心配」

「連絡はとれるんですか？」

「一応、住所と電話番号は知っている。でも私と一緒にいると迷惑かけちゃうかなと思って、連絡はとってないの」

すると、ありすさんはまたふふふっと笑った。笑うような話でないのに、笑顔なのは苦しさを隠すためなのだろうか。

世の中には家族全員が健康で何不自由なく生活を送っている人もたくさんいるが、オレは母と妹を亡くし、ありすさんは壮絶な人生を送ってきて、親は殺され、弟は逮捕されたばかりだ。高橋七海ちゃんも僅か九歳ながら過酷な人生を歩んでいる。

「幸せになりたい」

ふと、そんな言葉が口から出てきた。するとありすさんが不思議そうな表情をする。

「今は幸せじゃないの？」

「……自分も幸せになりたいけど人も幸せにしたい。なんかオレ、自分のやりたいことが見えてきた気がします」

　自分の口から出た言葉なのに耳を疑う。真面目キャラではないのに……ああ、元々子どもの頃は真面目だったかもしれない。

「人を幸せにする仕事かぁ。何だろう、パティシエとか？」

「オレ、料理は全然できないです」

「あと、何だろう……。結婚式場で働くとか、うーん、保育士とか幼稚園の先生とか」

　結婚式場で働く自分や、保育士として子どもと戯れている自分を想像できなかったけどいい加減、日雇いバイトの生活から抜け出して手に職をつけようと思った。そして、なんだろう、目の前のありすさんを幸せにしたいなんて思ったがそんなことは口が裂けても言えない。

「オレ、定職についたら七海ちゃんを自分の娘にしたい」

　これも思いがけない言葉だった。ありすさんの前では信じられないような言葉が次々と出てくる。七海ちゃんは正直かなりひねくれていると思う。自分を誘拐させて世間を大騒ぎさせて、ある意味とんでもない子だけど、オレも孤独で中学高校と散々ひねくれていたから気持ちがわかる。

　さすがにオレの言葉にありすさんは驚いたらしい。

「娘って……養女にするってことよね？　すごい覚悟」

「自分でもとんでもないことを言っていると思います」

「そうね。でも彼女には確かに幸せになってもらいたいな。林さんの娘になったらきっと幸せになれるんじゃないかな」

そこには是非、ありすさんも妻としていて欲しい。なんてやっぱり口が裂けても天地がひっくり返っても口には出せない。

「帰りましょうか」

オレとありすさんは墓地から駅の方へ向かって歩き出した。

十二

私は江藤和子の元夫から聞いた話を書類にまとめていた。元夫はすぐに見つかった。というのも、廃墟となった江藤家に残された遺品の中に、とっくの昔に期限が切れた彼の保険証が残っていたからだ。社会保険で会社名が記載されていたので、そこに電話をかけたところ現在も働いているとのことであった。笹井昇《ささいのぼる》、現在五十八歳でトラック運転手、出身は京都府宇治市の今空き家になっている江藤家で、現在は兵庫県の尼崎市に住んでいる。父は朗《あきら》、母はてる子。十六年前に妻の和子と離婚して、実家から出ている。妻の和子についてはこう話している。

「あいつは無口で何考えているんかようわからん奴よ。え、なんでそんな女と結婚したのかって？　見合いよ見合い。オレは正直あまり気に入らなかったんだけどよぉ、オヤジが跡継ぎが欲しいから早く結婚しろとうるさくて……。でもいざ結婚したら子どもがなかなかできねぇわけよ。ほんでオヤジとお袋があんな女と結婚させるんじゃなかったとかどうとか。結局、子どもはできず仕舞いで、オヤジが病気で突然死んだと思ったら、お袋まで逝ってしまってよ。もともと夫婦仲なんてよくなかったから、家で二人でいても気まずいだけだったし、離婚するかと切り出したら、あいつ無表情のまま頷きやがった。当然あいつが家を出ていくもんだが、ちょうどオレの事業所が異動になって神戸に配属されたもんで、宇治から神戸まで出るのに時間がかかるからオレが家を出ていくことにしたんだ。神戸はなんかよ……洒落た町だからオレには合わない気がして、尼崎に住み始めたらこれが住み心地がいいんだわ。離婚してからあいつがどうしていたかなんて知らん。ただ、七月の中旬に亡くなったという連絡が警察からあってよ。ていうかお前らも警察なんだよな。孤独死で家の中で腐ってやがったって。おっかないから葬式なんてしないで、火葬場に直送したよ。え、実家には戻らないのかって？　今も事業所がずっと神戸のままだから、帰ったところで通勤が不便なだけだし、腐った死体があった家なんてたとえ自分の家でも入りたくねぇな。仏壇は簡易なもんで持ち運び可能だからこっちにもってきているし、あの家には何の未練もねぇな」

　そう言って無精ひげをボリボリ掻いていたという笹井昇は事件には関与していなさそうだ。

「高橋七海？　なんかどっかで聞いたなぁ……。あれ、今確か行方不明になってるとかじゃねえのか？　そういやなんで警察がオレのところに来てるんだ？　和子がなんかしたのか？」

ついでに藤川夫妻についても聞いたらしい。笹井のところには部下の山本が出向いていた。

「藤川伸之……ってそれも確かニュースかなんかで聞いたような気がするぞ。なんだオレは何の関係もないぞ。もし和子が関わっているとしてもオレは一切関わっていないから」

確かに自分の元妻が亡くなったのに、葬式もしないで火葬場送りにしてしまうような夫なので、和子とは一切連絡はとっていないようだ。

藤川夫妻の人間関係はもうこれ以上掴めない気がした。伸之は京都府のM市出身で彼が幼少時代に過ごしていた家の近辺や小学校の同級生、中学、高校の同級生などもあたったが、特別に親しくしていた人物はいないようだった。

「藤川だろ？　あいつ本当に短気でちょっと授業が長引いただけで前の机とか蹴ってたな」

「オレ、ドッジボールであいつにうっかり当ててしまったら放課後に呼び出されてさ、すごい剣幕で怒っていて、もうあんな奴関わりたくないよ」

幼少期から気が荒く、度々問題行動を起こしていた伸之は両親はいたものの、子どもに全く愛情を注いでいなかったらしい。父親は伸之と同じく金遣いが荒くてギャンブルにおぼれていたらしいし、母親は堂々と愛人を作って、その愛人の家に泊まり込んで何日も家に帰らないこともあったらしい。

一方、春子については気になることがあった。春子が京都にやってきて、独り暮らしをしていたのは、単身者向けのアパートではなく団地だった。昭和の高度成長期に建設ラッシュで創られたその建物はファミリー向けで２ＤＫの作りになっている。おそらく春子には頼れる人物がいなかったから保証人なしでも入居できる場所を探したらその団地がたまたま、保証人なしで入れるところだったからだろうと推測はしている。

団地に住んでいた際に仲良くしていた人がいたという話を聞いたが、名前やその他の情報が何もわからない。同年代の女の人と一緒に歩いているのを見た。といった曖昧な目撃情報のみだ。この同年代の女を探したいところなのだが、手がかりがなさすぎて、探しようがない。

「どうぞ」

また、新藤がホットコーヒーを入れてくれた。

「ああ……」

「難しい顔をされていますね」

「行き詰まったな」

「そうですね」

Ｋ市の団地といえば私も若いころに住んでいた。とはいえマンモス団地なので、全部で五十八棟もある。一棟につき三十世帯が住んでいるので、全部満室だとしたら千七百四十世帯だ。藤川春子も私の家もその中の一世帯にしかすぎない。もしかしたら、若いころにその辺ですれ違っているのかもしれないが、当然赤の他人なので、意識することもない。

「藤川夫妻と高橋七海の間に何か関係性はないか……」

新藤が独り言をつぶやいている。私が新藤の方を向くと、視線に気づいた彼がこちらを見た。

「林さんが言っていたように二つの事件が繋がっているなら、ですよ」

「……私の勝手な勘だから何とも言えん」

二つの事件の共通点はK市内で発生したこと。そしてポストカードの二つだけである。

「高橋七海の人間関係も把握する必要がありますね」

「それは彼女が失踪して捜索している間にもう把握している。私は既に目を通したぞ」

パソコンのファイルから高橋七海について記載してある資料を開いて、新藤に確認させた。

実は高橋七海は出生届が提出されておらず、保護された時点で戸籍がない状態であった。両親が逮捕され、児童養護施設に入所した際に、戸籍届出期間経過通知書が作成され戸籍登録されたが、その時点で既に五歳だったので異例の登録となった。高橋という姓は逮捕された両親の姓である。しかし、二人は留置されているあいだに奇妙なことを口にしていた。

「あいつは拾ってきたやつだから、親族ではない」と。拾ってきたって犬や猫じゃあるまいし、少しでも罪を軽くするために嘘をついているのではないか。

「血の繋がりがあろうがなかろうが、傷害罪や暴行罪の罪は軽くならない」

取り調べの警察がそう言うと、「やっぱり娘だ」と言い出す始末で、二人とも支離滅裂なことばかり話していた。なので「罪状を軽くするための嘘」ということで、その時にDNA鑑定はされなかった。

しかし今回、彼女が行方不明になる事件が発生した。警察は再度、高橋七海の両親を尋問する。

「以前、逮捕前に彼女を拾ったと言っていたが、どこでどうやって拾った？」

「段ボールに入れられてたんだよ。その段ボールに七海ってマジックで書いてあったんだ。場所？　どっかでかい川の近くだよ」

この証言によってDNA鑑定が行われた結果、高橋七海は二人の子ではないことが判明した。ならば、彼女はもしかしたら本当の母親にさらわれたのでは？　という説が浮上した。

だが、本当の親の手がかりは何ひとつない。彼女の義両親に彼女を拾った時のことをあれこれ質問したが、相変わらず支離滅裂な回答が多くて、段ボールじゃなくて発泡スチロールだったかな。とか、川じゃなくて山だったかな。など日によって返答がバラバラで警察もお手上げ状態だった。

　高橋七海の義両親は現在、山科区にある京都刑務所に服役中である。少々精神的におかしいところはあるが、責任能力はあると判断された。高橋七海が幼いころから、平手打ち、背中を蹴る、ベランダで放置する、悪いことをしたら罰として食事を与えないなどの虐待を行ってきた母親は、傷害罪、暴行罪、保護責任者遺棄罪で懲役九年の罪である。また、父親の方が罪は重く、七海ちゃんを床にたたきつけたり、熱湯を腕にかけたり、懲役十二年の罪だが、どちらにしても酷い話である。私みたいな父親失格の人間が言っても何の説得力もないが、さすがにそこまでやる義両親の心情は理解できない。もっとも、私も仕事仕事で妻に家のことも子どものことも任せきりだったので、育児放棄の罪に問われても仕方がないくらいだ。

　祖父や祖母はいない。高橋七海の義母は同じく児童養護施設の出身だし、義父は実家から勘当されている。正確には父方の祖父母はいることはいるが、七海さんと会ったことは一度もないそうだ。そして彼女は一人っ子。義理の従妹、叔父、叔母はいるけれど、祖父母と同じく彼女と面識はない。

　天涯孤独のたった九歳の少女はある程度友達はいたようだが、学校で話す程度だったという。担任の先生はある程度七海さんのことを気にかけてはいたようだが、児童養護施設の子だから特別扱いするとかそういうのはえこひいきになると思って、他の子と同じように接していました。と話していた。

ギャンブルで多額の借金を抱えた藤川夫妻と児童養護施設に住む九歳の少女との間に関係があるとは考えにくい。

「高橋七海の本当の親が藤川夫妻と繋がっているとか」

「それは私も考えた」

「でも今回の事件は全国で報道されていますが、名乗り出なかったですね」

マスコミが七海さん行方不明の報道を毎日していたら、もしかしたら本当の親が名乗り出るのではないか。という淡い期待は打ち破られた。

「子どもを捨てた親か……」

不憫なんて言葉では言い表せない僅か九歳の少女の人生はこれから一体どうなるのであろうか。

「行くぞ」

「え、どこにですか?」

「もう一度義両親に話を聞きに行くぞ」

「わかりました」

十三

「私の本当の母親は井口真由美《いぐちまゆみ》っていうの」

ありすさんがそう話したのは墓まいりを終えた帰りの特急列車の中だった。

「私たち三人をかくまってくれていた間、本当に優しく接してくれた……今、どうしているのかな」

ありすさんは車窓の景色をぼんやり眺めている。

「どうして最初に離婚した時に私たちを連れていってくれなかったのかなって気になって……でもそんなこと聞いたらまるで責めているみたいな気がして今もずっと聞けず仕舞い。さみしかったな……」

何と返事をしたらいいかわからずオレは黙って聞いていたが、ある日突然母親がいなくなる辛さは経験済みだ。

「オレも、母さんと妹と離れてすごく寂しかったから気持ちわかります」

するとありすさんがこちらを向く。

「やっぱり私たちって似てるね」

その笑顔はどこか哀愁が漂う笑顔だった。

「似てますか？」

「うん、なんだろうな。家族バラバラになっちゃったところとか」

ああ、そういうことか。オレとありすさんは性格は全然違うはずだ。ありすさんはたとえ母親がいなくなっても自分の姉弟を守ろうとしていたのに、オレなんて……。もともと自己肯定感が低いのに、そう思うと自分は一体何なのだろうかと呆れてしまう。

「苦労されたんですね……」

「それは林さんだって」

「でもありすさんは看護師の資格を取って働いていて、立派です」

「林くんも看護師を目指す？」

「えっ!?」

「人の役に立つ仕事がしたいんでしょ？」

「オレなんかがなれるでしょうか？」

マイナスな発言にありすさんが「オレなんか」って言っちゃダメって首を横に振った。

「看護師になるには学校に通わないといけないですよね。学費がないです」

「そうねぇ……。看護系の大学に進学したらどう？　奨学金をもらって」

大学に行くという選択肢を考えたことがなかった。

「でも、生活費を稼がないと生きていけないです」

せっかくの提案に否定形で答えるのは嫌だったが、現実は厳しい。

「そうよねぇ……」

「ありすさんはどうやって看護師になったんですか？」

「私？　私はさっき言ったみたいに風俗店から逃げたあと、飲食店にしばらく住み込んで働いて学費を稼いだわ。飲食店は夜がメインだから朝はコンビニ、昼はファミレスで働いてた」

「いつ寝てたんですか……？」

「平均睡眠時間三時間くらいだったなぁ。でもそれで二年間頑張って学費を貯めて、看護の専門学校に通って、看護師になったのよ」

と言って彼女は笑うが、その笑顔の奥にどれだけの苦労があったのか。自分なんてただの甘えん坊に思えた。

「オレ……そこまでできるかな」

「そうね、また貧血で倒れてうちに運ばれても困るし、これから毎日うちでご飯を食べなよ」

ニコニコ笑うありすさんは何も考えていないのだろうか。二十代の男と女が毎日一緒にご飯を食べるって、殆ど同棲ではないのだろうか。

「毎日って……さすがに悪いですよ」

「じゃあ付き合っちゃおうか」

突然の言葉に頭が回らない。え？　付き合う？？

「え、と……」

当然だがこんなオレは今まで彼女なんていたことがない。ありすさんに好意は持っているがまさか相手側から交際の申し入れがあるとは思ってもみなかった。

「ごめん、唐突すぎるかな」

ありすさんが窓際に置いたペットボトルのお茶を飲む。その喉の動きを見て思わず自分もごくりと唾を飲んだ。

「いえ、お願いします」

そう言って頭を下げるとありすさんがむせている。

「林さん、今からお付き合いする人に敬語はないわよ。ゴホッゴホッ！　笑ってむせちゃったじゃない！」

「ごめんなさい」

「ほら、やっぱり敬語（笑）」

「ごめん」

「よくできました！」

なぜかオレは頭をなでなでされる。四歳年上の彼女に尻に敷かれそうな予感はひとまず置いておいて、人生で初めての彼女ができた。

その日、早速ありすさんのアパートでご飯を頂いた。相変わらずの和食で、ごはん、味噌汁、キノコの和え物、鶏肉の照り焼きというメニューだった。

「料理はどこで覚えたんですか？」

「ネットとか見ながら自分でよ。ほらまた敬語になっている」

「あ……」

オレがたじろいでいると、ありすさんがケラケラ笑う。だめだ。すっかり手のひらで転がされている。

「オレも料理覚えるよ。それでありすさんが勤務の時はできるかぎり自分が作る」

「名前も呼び捨てでいいよ」

ありすさんが顔を近づけてきたので、ドキッとしてしまう。まるで初恋の相手にドキドキする中坊のようだ。

「あ、あ、ありす」

しどろもどろなオレにまたありすさんが笑う。

「林さんおもしろーい！　あ、私も下の名前で呼んでいい？」

なんだかむずがゆくて嬉しくて、ああ、そうだ。オレの人生で嬉しいって思うことなんて滅多になかったからこんな感覚初めてで、どういう表情をしたらいいのかわからない。

そんなオレが黙って固まっていたら、耳元で「響介」と呼ばれ、ほっぺにチュウをされてしまった。

「顔赤いよ」

恥ずかしくなって、そっぽを向いてしまう。

「恋愛初心者なんで」

「私もよ」

「えっ……」

「響介が初めての彼氏」

そう言って、今度は唇に唇を重ねてきた。なんとなく鶏の照り焼きの味がしたのは気のせいだろうか。

その後、二人で話し合って、同棲することにした。理由は簡単、その方が家賃を安くできるからで、オレの大学入学費用を捻出するためだ。どちらがどちらの家に引っ越すかで夜中まで話し合った。さくら荘もボロいがオレの住んでいるアパートも大概ボロい。いっそのこと別のところへ引っ越そうという話になった。

一緒に寝ようと誘われたが、あまりにドキドキして眠れなかったので自分のアパートに帰って寝た。自分が情けなくて、でも嬉しくて、そんな二十歳の秋が過ぎていく。

十四

私はその絵を見た時ゾッとした。

七海さんは養護施設でよく絵を描いていたそうだが、その絵の内容はかわいい女の子や動物の絵ではなくて、真っ黒のクレヨンで何かとても恐ろしいものを描いていた。その話を聞いて、この目で確かめてみたいとスケッチブックを開いた。

黒のクレヨンで塗りつぶされた世界の中に、赤や緑で謎の物体が描かれている。その物体は鋭利な角度をした棘が何本も生えたウイルスや寄生虫のようでもあり、おぞましくて、背筋が凍るような感覚がした。

施設の子と一緒に遊ぶこともあったが割と一人で過ごすのが好きなタイプで、プレイルームにあるピアノを弾いているか絵を描いているのが殆どだったという。夜は園長に雑巾を何枚も縫うように命じられた。それも一晩でノルマ三十枚。また、ある日は、施設のお風呂を何時間も磨くように命じられて、夜が更けるまで作業に従事していた。寝てる暇もなかっただろうに、何という養護施設だ。

彼女は何度も警察に訴えたのに自分の話が信じて貰えなくて誘拐されることを考えたと話している。それでも何とか現実を知ってもらおうと告発文を書いて、校長先生に渡そうと持っていったらしいが校長が不在で預かった教頭先生がそのことをすっかり忘れて、手紙は教頭先生のデスクの奥に放置されたままだった。というニュースが流れていて、学校の責任がどうだとか、議論していた。

七海さん本人に江藤和子という人について知っているか尋ねたところ、どうやらK市の児童養護施設と江藤家の間にある公園で何度か会っていたらしい。佐々木さんが目撃した小学生はやはり高橋七海本人だったのだ。江藤さんと何を話したのか、どういうきっかけで知り合ったのか尋ねたところ、「いつも飴をくれた」と話す。出会ったきっかけは、七海さんが施設に帰りたくなくて、見晴らしのいい公園で座り込んでいたところ、江藤さんがその公園にやってきたらしい。

実際のところ大した話はしていないらしく、会うたびに飴をくれて、一緒に紅葉《もみじ》のはっぱを眺めていたらしい。

七海さんは「ある日から江藤さんが来なくなった」と話している。警察官が江藤和子が亡くなったことを告げると、彼女の表情はますます暗くなった。

それから結局彼女に何を質問しても答えてくれない。高橋七海はまさに絵の通り、光のない闇の中にいる。

江藤和子の人間関係も調査中だが、本当に孤独な人で、肉親はともかく、友達と呼べるような人も見つかっていない。どこかの婦人会などにも所属しておらず、家でずっと一人で過ごしていたのだろうか。

そんな二人が公園で過ごす僅かな時間はどのようなものだったのか。なんとなく、二人は似た空気を持っていたのではないか。

江藤和子の住んでいた家の家宅捜索も行われている。どこかに日記のようなものなどが残っていたら重要な資料になるのだが。

宇治警察署の鑑識班の話では、死後一ヶ月経った江藤和子は見るも無残な状態で発見された。発見されたのは居間の畳の上で、今現在も畳にはまだその時の跡が残っている。

しかし、江藤和子と高橋七海の間に接点があったとして、だとしたらハガキを書いたのは一体誰だ。江藤和子が書いたという可能性も考えてみるが、七海さんが誘拐されたのは九月の中ごろだ。江藤和子は既にその頃には亡くなっているわけで、やはり二人の関係性を知っている誰かが書いたものとしか考えられない。

K市の児童養護施設は問題が露呈してから、閉鎖されている。そこで暮らしていた児童たちは不安なまま別の施設に各々移されることになったが、すぐに入居が決まる者もいれば、なかなか行先が決まらない子もいて、そういった子は市が用意した保護施設にて一旦待機という形になっている。今まで通っていた学校を離れる子も多く、ただでさえ心に傷を負った子たちはそれまで一緒に暮らしてきた仲間と離れ離れになりさらに心に傷を増やすことになる。

ちょうど、私はその閉鎖された養護施設に足を運んでいた。七海さんのスケッチブックを閉じて大きく深呼吸をした。

藤川夫妻殺害事件については、今まで夫妻の人間関係も洗いざらいにしてきた。藤川伸之は何度も借金を繰り返していたので、始めのうちはいたって普通の金融機関から金を借りていたが、やがてブラックリストに名前が載ったのだろうか。闇金にも手をつけている。殺人事件の動機として金銭トラブルというのは非常に多い。

捜査上で怪しいと思う人物はたくさんいたが、いずれもシロでとにかく証拠が何一つない。凶器も未だ見つからず、指紋も検出されず目撃者もいない。

先日、高橋七海さん誘拐監禁事件で逮捕された藤川龍に直接会って、七海さんとの出会いや一ヶ月間の生活を問いただしていた。七海さんと会ったのはここから徒歩十五分ほどの公園だったそうだ。私も施設を出てその公園に向かって今歩いている。

たどり着いた公園では小学生たちがサッカーをやっていた。江藤和子と会っていたもみじ公園とは逆方向にある中規模の児童公園だ。滑り台とブランコが並列しており、その隣には砂場がある。そんな、どこにでもあるような公園で七海さんはうっかりつまずいて転んだのだそうだ。その時駆け寄って「大丈夫？」と声をかけたのが藤川龍だった。「大丈夫？」との問いに対して突然「私を誘拐してくれませんか？」という返事が返ってきたので藤川龍は驚いたらしい。そりゃ驚くだろう。児童養護施設で毎日酷いことを言われる。帰りたくないんです。と自分の今置かれている状況について相談を受けたと彼は話した。

藤川龍は「他人に縛られるのが嫌い」「自由に生きていたい」と自らについて話した。それで会社や企業には就職せずにネットカフェを点々としながら、定期的にアルバイトをしていた。七海さんが行方不明になった九月十五日、この日藤川龍はアルバイトの途中で、近辺の家のポストにDMを入れるというポスティングの仕事をしていた。歩き疲れて公園で休んでいた時に目の前で七海さんが転んだのだという。

七海さんの事情を聞いた藤川龍は同情して彼女を保護……（まぁ実質的には誘拐になってしまうのだが）することにした。

しかし、ネットカフェに彼女を連れて帰る訳にいかず、近辺にあった適当な空き家の引き戸を開けてみたら、扉が開いたので勝手にお邪魔して住むことにしたという。その辺りの感覚はちょっとぶっ飛んでいるというか、常識外れである。

窓の外が見えないようにしたのは、七海さんがそう提案したからだそうだ。「警察や養護施設の人に見つからないようにしたい」という要望で、藤川龍が彼女を隠すようにした。

藤川龍はスマホやらの通信機器を持っておらず、電気の繋がっていない空き家に住んでいたので、テレビも当然映らない。彼女がいなくなって世間が大騒ぎになっていることは知らなかったと悪いことをしている意識はなかったみたいだ。実際、ヨレヨレのTシャツを着ていた七海さんに、新しいTシャツとかわいいスカートをプレゼントして、下着も量販店で購入したらしい。そして彼女が食べたいというものをコンビニやスーパーで購入したり、料理を作ったりして一ヶ月で七海さんは二キロ太ったという。

藤川龍がその費用をどこから支払っていたのかという話だが、空き家の箪笥からたまたま十万円の入った封筒を発見してそれを使ったということだ。

結論、藤川龍の罪状は、誘拐、監禁、住居不法占拠、そして窃盗だがすべて善意で行ったという何とも奇妙な話である。

七海さんが退屈しないように本や落書き帳、クレヨンなども購入したらしい。マスコミがこの話を全国的にテレビやネットで流すと、藤川龍に対する賞賛の声と批判の声であちこちのSNSが炎上していた。

『彼女を救ったヒーロー』

『いくら善意でも犯罪は犯罪だろう』みたいなコメントが連なっているのを私もチラリとだが確認した。


「高橋七海の受け入れ先が決まったよ」

署に戻った私はその報告を署長から聞くことになる。

「Y市の児童養護施設だ」

Y市はここから電車で三十分ほどのところにあるのどかな町である。そこの養護施設の園長は署長の親戚の知り合いで、その親戚曰く信頼できる人だということであった。

「よかったですね。いい受け入れ先があって」

新藤が嬉々としてそう言うが、あくまで養護施設である。高橋七海はこのまま親の愛情というものを知らずに人生を送ることになるのかと思うとやはり不憫であった。

「オレ、あることを思ったんですが」

少し肌寒くなった今日、新藤はいつもより厚手のスーツを着ていた。

「何だ」

「もしかして江藤和子が七海ちゃんの産みの親なんじゃないですか」

それは私も一度考えた。しかし、この間の聞き込みでも江藤和子が妊娠している姿などは目撃されていない。それにマスコミが公開している高橋七海の顔写真と江藤和子のマイナンバー用の証明写真を照合してみても全く似ている点がない。

高橋七海は割と整った顔立ちで目は細めだが鼻が高くてふっくらした唇をしている。それに比べて江藤和子は、貧相な顔立ちで鼻は低く、口は左右対象とはとても言い難い。左の口角だけ上がっており、目は一重で頬にはそばかすが目立つ。

もちろん七海さんが父親に似たという可能性もあるが、やはり似ても似つかない。それに江藤和子の年齢は五十七歳で、七海さんを四十八で産んだことになる。

「私もその可能性は考えたが……」

立証するものが何もない。影で妊娠してこっそり自宅で出産したという可能性はあるが、もしその話が真実だとすると今度は七海さんの父親は一体誰なのかという疑問も浮上する。

「なかなかその説は厳しいぞ。もし江藤が七海さんを産んだら捨てる理由はなんだ？」

私の返答に新藤は「うーん」と考え込む。

「高橋七海を産んだ女は一体だれなのか、そしてなぜ彼女を捨てたのか、藤川夫妻を殺害した人物は一体誰なのか、凶器は捨てたのかどこかに隠されているのか、例の七海さんが書いたようなハガキを作成した人物は一体誰なのか、そして何の目的でそのハガキを道に放置したのか。謎だらけですね」

「長年刑事をやっていてもこんなに謎だらけの事件に向かい合うのは初めてだ。頭が痛くなる」

「頭痛薬ありますよ」

新藤は相変わらずあまり表情を変えない。彼も疲れているであろうに、それを微塵にも見せない彼はロボットなのではないかと時々疑う。

「いや、いらん。コーヒーで何とかする」

私は給湯室に向かい、いつも飲んでいるインスタントコーヒーを入れた。

その時ふと息子の顔を思い出して、もし息子に今話した疑問をすべて投げかけたらどう解釈するだろうかと、そんなことを考えた。

十五

久しぶりに夢を見た。夢の中では、会ったこともない七海ちゃんが泣いていて、「助けて」とオレの方を見て訴える。しかしオレは金縛りにあったかのように体が動かず、やがて彼女は黒い渦に呑み込まれていく。

「助けて、助けて、助け……」

「響介？」

ふと目を覚ますとそこにありすの顔があった。

「大丈夫？　随分とうなされていたよ」

「あ……」

夢か。どうしてオレは会ったこともない七海ちゃんが気になるのだろうか。夢にまで出てくるなんて……。いくら妹と名前が同じだからって今はもう事件も解決したワケだし、彼女は助けなんて求めていない。……いや、やはり助けを求めているのだろうか。だとしたらどうしてオレに？　ぼんやりする頭を振って、洗面所で顔を洗った。

「おはよう」

ありすと一緒に暮らし始めて一ヶ月が経過していた。オレとありすはお互いのアパートを引き払って２ＤＫの決して新しいとは言えないアパートに引っ越した。場所はＫ市の外れで家賃は五万円だ。

ありすは看護師なので、日勤と夜勤があるが、今は夜勤明けで帰ってきたところだった。

「ふぁあ」とあくびをするありす。

「お疲れ様」

「あー、今日はなんだか平和でナースコールも鳴らないし、夜間の救急車も少なかったから眠かったわ」

そう言いながらありすが伸びをする。そんなありすをそっと抱きしめた。

「怖い夢を見たの？」

そう言いながらありすはオレの背中を優しくさすってくれる。まるで母さんのようだ。

「ああ……」

「夢って怖いよね。私も時々すごく怖い夢を見るよ」

「どんな？」

「具体的には覚えていないけどなんか追いつめられているの。例えば病院に患者がどんどん運ばれてきて、ロビーに傷を負った人たちが何百人もウロウロしていて……」

「それは大変だ……」

そう言ってありすの体を強く抱きしめる。一緒に暮らし始めて間もなくは、女性経験のないオレはありすの横にいるだけでドキドキしたが、次第に彼女に触れたい衝動に駆られるようになった。女の人にしては少々筋肉質だがそれでも柔らかい彼女の皮膚を優しく撫でると心に火が灯る。

「今から抱いてもいい？」

そっと呼びかけるとありすが無言のまま頷いた。服を脱がせて豊満な胸を愛撫する。Eカップだという彼女の乳房はとても柔らかく、触っていると興奮すると共に安堵感を覚える。ああ、人を愛するってこういうことなんだ……この一ヶ月間で初めて覚えた。

何度もキスを繰り返し、彼女の中へと入っていく。壁の薄いアパートなので彼女は声を出すのを我慢しているようだがその表情がさらにオレを興奮させる。

「ありす……愛してる……」

オレが腰の動きを速めると、我慢できなくなったありすがアッと声を漏らす。そんな彼女が愛おしくてたまらない。

射精し終えるとオレは布団に横たわった。

「幸せだな」

そう呟くとありすが隣で微笑んだ。

こんな幸せな日々がずっと続くように、オレは日雇いのアルバイトではなく昼間、ガソリンスタンドで週三日バイトしてさらに週三日、ありすが勤める病院で清掃や補助の仕事をした。収入は前と比べて大きく上がったワケではないが、二人で家賃五万に加えて光熱費や水道代も一緒に払うようになったことで貯金ができる余裕ができた。また、病院で働くことで看護師が日々どのような動きをしているのかを観察することができたし、様々な症状の患者と触れ合う機会ができた。

自分とありすの勤める病院は中規模の総合病院で、内科、外科、循環内科、整形外科、皮膚科、リハビリテーションを標榜《ひょうぼう》している。

骨折で入院している若者から、重い腎臓病の患者や膠原《こうげん》病の患者、さらには心筋梗塞で運ばれてきた人や火傷を負った人など、様々な患者と触れ合っていると、皆やはり病気を患っている間はマイナス思考になりがちだということがわかった。オレは今まで大きな病気にかかったことがないので、命に係わる病気と闘っている患者を不憫に思うこともあったが、そんな時、ありすや他の看護師は優しく接して話を聞いたりしていた。

そんな自分の彼女は本当に白衣の天使に見えた。オレの仕事は食事の配膳やシーツ交換がメインだったが、軽々と患者の腕に点滴の注射針を打つ看護師を見ていると、自分にこんなことができるのかと不安になったりもした。

季節は巡り、市内のスーパーでクリスマス商品が陳列されている頃、オレはまたふと七海ちゃんのことを思い出した。

彼女は今どこで、どうやって生活をしているのだろうか。オレは週に一度の休日に思い切ってK市の警察署を訪ねた。

今まで毛嫌いしていた警察に自ら赴くなんて、随分変わったもんだと感じる。

「刑事課の林慶介《けいすけ》はいますか？」

受付でそう尋ねると、丁度署にいたオヤジが出てきた。

「響介……！」

息子の方から訪ねてくるなんて予想外だと言わんばかりに目を丸くしたオヤジを近くの喫茶店に誘い出した。

「珍しいな」

「うん……。珍しいというか初めてだよね」

「そうだな。どうした？」

心なしかオヤジの顔はほんのりと笑顔だった。

「あの……例の誘拐事件の高橋七海ちゃんって今どこでどうやって過ごしているんだ？」

単刀直入に聞くと、オヤジが驚いた顔をする。

「彼女か。彼女は今Y市の児童養護施設で暮らしているが……一体どうしたんだ？」

「あ、いや……」

その時ウエイトレスがコーヒーを二つ持ってきた。コーヒーに角砂糖を一つ放り込み、ミルクを入れてスプーンで混ぜる。

「気になるんだ」

「気になるって……」

「名前は一緒でも全然関係がないってわかっている。でも奈々美はどうして死ななきゃならなかったのか。助かる方法はいくらでもあったはずなのにって、今まで何度も後悔した」

オレがそう言うと、神妙な面持ちでオヤジが「お前の妹の方か……」と呟く。

「ああ」

しばし、沈黙の時間が流れて、喫茶店で流れるジャズ音楽だけが耳に入ってくる。

「なんで気になるのかわからないけど、彼女には……高橋七海ちゃんには今度こそ幸せになって欲しい」

何だか少し恥ずかしくてコーヒーを口に含んで視線を逸らした。外の街路樹はすっかり葉を落としている。

「Y市の養護施設の園長はとてもいい人だ」

「本当に？　裏の顔とかないのか？」

オヤジも外を眺める。時折コートをまとった人が足早に通り過ぎていく。

「ない。と断定はできないが、九十九パーセント大丈夫だと思うぞ」

オヤジの顔はこの間見た時よりさらにやつれているような気がした。

「会いに行ってみるか？」

「え？」

「私の方から話を通しておくよ。一度彼女に直接会ってみたらいい」

オヤジはテーブルの上のナフキンにボールペンで何か描き始めた。どうやらY市の養護施設の地図を描いているらしい。

雑に書かれた地図だが、なんとなくの場所はわかった。コーヒーを飲み終えようとした時、オヤジが何か迷っているかのような顔をしていたので、

「なんか聞きたいことがあるのか？」

と尋ねてみる。

「いや……お前ならどう解釈するのだろうなと思って」

「解釈？」

そう言うとオヤジは黙って手持ちの黒い鞄からファイルを取り出した。

「これは藤川夫妻殺害事件の現場に残されていた遺書のポストカードだ。この写真を見て、お前ならどう解釈するだろうかと思って」

それは美しいエメラルドグリーンの海だった。海と空のみ。他には何もない。

「海……、七海？」

オレがそう呟くとオヤジの目が鋭くなった。

「自分の娘に七つの海という名をつける親は、海が好きなのだろうか？」

オヤジがオレの目をじっと捉えた。つまりどういうことだ。七海ちゃんの親が藤川夫妻殺害の犯人だって言いたいのか？

遺書が偽物だということは報道されていたので知っている。これは犯人が偽造したものではないかと。

「オレに何を聞きたいんだ？」

「つまりそういうことだ」

「……七海ちゃんの親が犯人だっていうのか」

オレはできる限り声を潜めた。喫茶店にはオレ達以外、勉強をしている学生と本を読んでいるおじいさんしかいない。二人とも席が離れてはいるが、聞かれてはいけない話であろう。

オレはオヤジの目をじっと見た。何かを渇望しているような目だ。

「七海ちゃんの親って、確か虐待で逮捕されているよな？」

「実はその親は本当の親ではない」

「えっ……!?」

「本当の親は別にいる」

そんなことを言われても解釈できない。

「どういうことだよ」

「七海さんは捨てられたんだ。赤ん坊の時に」

頭が混乱する。虐待を二度受けただけでも悲惨なのに、捨てられた？

「……そんなことを言われても」

返答に困ってしまう。

「自分の子の名前に海って漢字を使うのは、確かに海が好きだっていう可能性はあるけど……。でもこのハガキが海だからってそれだけで二つが結びつくかどうかはオレにはわからないよ」

そう言うと、オヤジがふーっと息を吐いた。

「そうだよな……」

「何、それってオレに教えてもいい情報なの？」

「お前ならどう解釈するか気になったんだ」

「オレなんかに聞いても」

「お前、あのハガキを拾ったんだろ。だからお前は高橋七海の件について立派な関係者なんだよ」

あのハガキとはオレが拾った方のハガキか。

「関係者と言われても、もうその事件は解決したんじゃ……」

「そうだ。高橋七海の産みの親が犯人でなかったら、もしくは関連してなかったらな。お前、江藤和子って名前はわかるだろ？」

あの例のハガキに書かれた住所と名前は忘れもしない。京都府宇治市のえとう和子さん。

「……もしかしてそのえとう和子って人が七海ちゃんの母親ってことか？」

「その可能性も考えたのだが、江藤和子は享年五十七歳だ。さらにもし七海ちゃんを産んだのなら四十八歳での出産となる。あと、彼女の出身地は長野県で海とは縁遠い」

四十八歳でも子どもが産めるのか。不可能ではない気がしたが超高齢出産である。

「オヤジは、その……えとうさんについて調べているんだろ？」

「ああ」

「ところでさっき享年って言ったよな。その人は死んだのか？」

「そうだ、半年前に亡くなっている」

「そうなんだ……」

するとおやじは咳払いをして、姿勢を直した。

「お前にどこまで話していいのかわからないが、江藤和子と高橋七海さんは公園で何度か会っていたそうだ。これは本当に私の勘でしかないが、二つの事件はどこかでつながっているような気がしてならない」

オヤジは背もたれに深く腰掛けてため息をついた。

「だが、本当に謎だらけの事件で警察も正直お手上げ状態なんだ。お前の知恵を貸してほしい」

オヤジにそんなことを頼まれるなんて思いもしなかった。

「オレは一般人だよ」

「さっきも言ったけどお前は関係者だ」

確かにハガキを拾った張本人ではあるが、ある程度プライドの高いオヤジがオレに頼むなんてよっぽど苦戦しているのだろうか。

「七海さんに直接会って話を聞いてほしいんだ」

オヤジはカップに残った最後の一滴のコーヒーを飲み干した。

「それはオヤジの仕事じゃないのか」

「当然会いに行ったさ。でも七海さんは途中から黙秘だ。やっと平和な生活が送れるようになって、こちらもああだこうだと聞きづらい」

「それだったらオレが行ったって、何も話してくれないんじゃないか？」

「お前ならできるかもしれん」

「何だよその根拠のない話は」

「とにかく一度会ってみてほしいんだ。頼む」

と言ってオヤジが突然オレに向かって頭を下げた。こんなこと初めてなのでうろたえる。

「わかったよ……。んで、何を聞いたらいいんだよ？」

「七海さんに、藤川夫妻と何か面識がないか。あと江藤和子さんと話したことを覚えていないか、だ」

「とりあえず次の休みの日に会いに行くから、養護施設の方には話を通しておいてくれよ」

「すまんな」

「もういいよ、頭あげろよ」

どちらが親でどちらが子なのだろうか。


日曜日、朝から天気は良かったが、肌寒い日だった。

電車の駅を降りてバスに乗り、十三番目の停留所からさらに徒歩五分ほど。田園が広がるのどかな場所にその養護施設はあった。

ホームページでは設立されたのが昭和五十年と書かれていたが、コンクリートにヒビが入った施設と錆びた正門からは年季を感じる。その隣にある木造建築の立派な建物には重厚な瓦屋根が乗っかっていた。

広い庭には砂場や滑り台があり、幼稚園や小学校のようなグラウンドもある。インターホンを押して名乗ると、袈裟《けさ》を肩からかけた人が出てきた。頭は丸坊主だが、体型や顔つきからどうやら女の人だということが分かって驚く。

「こんにちは。私は園長の浜口と申します」

僧侶というのだろうか。ここは仏教系の施設だとホームページに記載されていたが、女性の僧侶を見たのは初めてだ。その人は柔和な表情で、ゆっくりと挨拶をした。

「林様ですね、お話は伺っております。どうぞ、お入りください」

日曜日の養護施設では子どもたちが思い思いの時間を過ごしていた。二歳くらいの子から高校生らしい子まで年齢層は幅広くて、プレイルームのようなところで幼い子たちが遊んでいる。

「こちらへどうぞ」

通された部屋は応接室で、ごく普通の家庭用ダイニングテーブルとイスが設置されている六畳ほどの部屋だった。そこに写真で見た女の子、高橋七海ちゃんが座っていた。

「お茶がいいですか？」

「あ、お気遣いなく」

園長はその部屋を出ていったが、親族でもない自分が面会するのに何かあってはいけないという判断なのか、職員が一人見張りについている。監視されながら話をするのはちょっと気が引けるが仕方ない。

七海ちゃんは、黒いストレートの髪をポニーテールに結んでおり、紫色のトレーナーを着ていた。テレビなどで公開されていた写真より幾分かお姉さんになったようだ。

「こんにちは。はじめまして」

オレが挨拶すると、七海ちゃんは監視している職員に向かって「刑事さん？」と尋ねた。

「ああ、違うよ。オレはただの……えっと」

そういえばオレと七海ちゃんの関係なんて非常に薄い。というか関係などない。何と説明したらいいだろうか。

「あの、君と一時期一緒に暮らしていた、藤川龍さんのお姉さんと一緒に暮らしている者なんだ」

そう答えるしかなかった。

「何の用ですか?」

明らかに不信感を抱いた顔でこちらを見る。無理もない。

「えっと、ちょっと聞きたいことがあって」

「何でしょうか?」

小学三年にしては小さいなと感じたが、元々虐待を受けていてご飯もちゃんと与えられていなかったという報道を思い出した。

「単刀直入に聞くけれど、えとう和子さんって知っている?」

オレがそう尋ねると七海ちゃんの眉がぴくりと動いた。

「それ、こないだ来た刑事さんにも同じこと聞かれた」

それはオレのオヤジだ、と話そうかと思って辞めた。

「なんでそれが知りたいんですか?」

「えっと……」

刑事でもない自分がどうしてそんなことを知りたいのか。何か理由をこじつけようかと思ったが思いつかない。

「えっと、オレね、昔そのえとう和子さんにお世話になったことがあって……」

完全な嘘で、彼女もそれを見抜いているように感じた。

「じゃあ……私の質問に答えられたら教えてあげる」

突然、小悪魔的な笑みを浮かべる七海ちゃんは九歳の少女には見えなかった。

「私がこの世で一番きらいなものはなんでしょう？」

七海ちゃんがこの世で一番嫌いなもの？　必死で考えるが、彼女とは今日が初対面だ。

冷静に考えろ。会ったことがないとはいえ、彼女の嫌いなもの、嫌いなもの……

「大人……かな」

オレの言葉を聞いて、七海ちゃんは虚をつかれた顔をした。

「お兄さん、メンタリストなの？」

メンタリストなんて聞きなれない言葉に戸惑うが、そういえばテレビで活躍しているオレと同じ年くらいのメンタリストがいたっけ。

「違うよ」

「何の仕事をしているの？」

「うーん……ただのフリーターです」

「そっか」

オレとなんて会話すらしてくれないかと思っていたので、彼女の方から質問を投げかけてくれたことにひとまずホッとする。

「で、答えは？」

「正解だよ」

彼女が口角を上げる。僅か九歳でこの世で一番嫌いなものが大人だと言わせてしまう、そんな人生を送ってきた彼女に同情してしまう。

「こないだの刑事さんさ」

「ん、ああ」

オヤジのことか。

「嫌いなものがね、毛虫って答えたの。笑っちゃう」

ああ、オヤジは全然わかってないな。女心がわからないオヤジだから母さんに逃げられたんだ。そして、最初は敬語だった七海ちゃんがため口でしゃべってくれているのは少しでも心を開いてくれたからだろうか。

「んで、えとう和子さんとは知り合いなのか……な？」

オレが再び質問すると、七海ちゃんがコクリと頷いた。

「どこで知り合ったの？」

刺激をしないようにできるだけ優しい口調で聞く。

「公園」

「公園？　どこの？」

「もみじ公園」

もみじ公園と聞いて、最初はピンと来なかったが、はっと思い出した。前にオレがえとう和子さんを探して、K市の養護施設から宇治の方へ向かって歩いていた時に景色のいい公園があった。そこに確かもみじ公園って書かれた看板があった気がする。

「それはK市と宇治市の境目くらいにある公園？」

オレの質問に再び彼女が頷く。

「いつごろ知り合ったの？」

彼女は微笑んでいるのか無表情なのか微妙な顔をしている。

「一年生の時」

そんな前から知り合いだったとは。

「どうやって出会ったの？」

「私が公園に行ったら和子さんがいたの」

和子さんという呼び方に親しみがこもっている気がした。

「それで仲良くなったと？」

「和子さんがね、いつもお菓子をくれるんだ。といっても小さいアメなんだけどね」

オレはえとう和子の顔を知らないから、頭の中で光景を思い浮かべてみるが、えとうさんの顔はへのへのもへじだ。

「何回くらい会ったの？」

次々と質問をする自分はまるで刑事みたいで寒気がしたが、そんなオレに対して彼女の方が飄々としている。

「たくさん」

七海ちゃんの言うたくさんが、十回なのか三十回なのか全くわからなかったけど、少なくても一度や二度会った程度でないことはわかった。

「えとうさんとはどんな話をしたの？」

「特にこれといった話はしていないよ」

「え？」

「なんだろう、もみじがきれいね。とか、学校は楽しかったかとか」

それじゃ、事件の手がかりは得られない。

「他には何か話をしなかった？」

あまりしつこく聞くと嫌がられるだろうか。

「えとうさん、昔、犬かってたんだって。あとは……えとうさんが昔住んでいた家のはなしとか」

「昔住んでいた家？」

「うん。子どものころは森の中で育ったんだって」

森の中って、オオカミじゃあるまいし……とりあえず続きを聞こう。

「なんかね、ここことはぜんぜん違うって言ってた。星がきれいで空気もきれいだって」

「そうなんだ」

えとう和子さんの幼少期の話を聞いたところで何か参考になるのだろうか。

「子どものころも犬をかってたって。さらになんかニワトリも家にいたとか言ってた」

きっとかなり田舎に住んでいたんだろうな。五十七歳だと、ちょうど日本が高度成長期のころに生まれたということだ。そして、森の中ということは……やはり彼女が七海ちゃんの母親である可能性は低いか。

「えとうさんってさ、お友達っていなかったの？」

「え？　ともだち？」

「うん、そういう人の話って聞いてない？」

「うーん」

当たり前のように会話しているが、彼女がここまで話をしてくれるということは、オレはそれなりに信頼できる大人に認定されたのだろうか。

「なんか、としの離れたともだちがいるって言ってたかな」

「歳の離れた友達？　それは七海ちゃんのことじゃないの？」

「ううん、なんかよくわからないけど、犬のことでお世話になったって」

「犬か。その人の名前は聞いてないの？」

「聞いてないよ」

「そっか……」

その人の年齢は？　住んでいる場所は？　聞きすぎたらせっかく解き放ってくれた警戒

心を再び蘇らせるかもしれない。それにオレは刑事じゃない。

「あとさ……藤川龍さん。ほら君を誘拐……えっと連れ去って保護してくれた龍兄ちゃんのことは心配？」

入口のところでじっと聞き耳を立てている職員が表情を一つも変えないのがちょっと怖い。

「心配だけど、りゅう兄さんはきっと大丈夫な気がする」

当たっている。龍さんは刑務所の中でも堂々と過ごしているらしい。

「さっき大人が嫌いって言ってたけどさ……りゅう兄さんも嫌いなの？」

オレがそう聞くと、彼女が首をふってポニーテールが揺れる。

「りゅう兄さんは大人じゃないから」

「えっ？」

「だって言ってたよ。僕はこどもだって」

あの風貌で子どもと言われて彼女はそう思ったのだろうか。龍さんの実年齢はオレと同じ二十歳だが、老けてみえる。

「ねぇ、りゅう兄さんと会うことってある？」

オレが龍さんと会うこと？　多分普通に生活している限り会うことはなさそうだが、面会とかできるのだろうか。

「もし会ったら、伝えてほしいの。めいわくかけてごめんね。ありがとうって」

何と返事をしようか迷っていると、彼女がくすっと笑った。

「お兄さんの名前、ちゃんとおしえて」

「オレ？　林響介だよ」

「きょうすけさん。覚えてあげるね」

オレが大人か子どもかどっちに見える？　愚問だろうか。ああそれより、

「えとう和子さんのことは好きだったの？」

七海ちゃんは黙っている。

「きょうすけさん、しつもんばっかりだから私疲れた」

と言ってそっぽを向いてしまった。さっきまで機嫌よく話してくれていたお姫様は秋の空のように急にご機嫌ナナメになってしまった。

「わかった。色々質問に答えてくれてありがとう」

オレはそう言って席を立った。まだ聞かなくてはならないことはたくさんあるが、相手は少女である。こんな尋問のようなことは性に合わない。

立ち上がって部屋を出ようとすると急に、

「私のこと、どう思っているの？」

思いがけない質問に足を止める。何と答えればいいのだろうか。可哀そうな子、ちょっとひねくれている子、不幸な子……いや、違う。

「かわいい」

そう一言述べると突然七海ちゃんが頬を赤らめた。こんな一面もあるのか。なんだか急に子どもらしい態度をとった彼女が本当に可愛く思えた。

「オレから最後の質問、七海ちゃん、今欲しいものって何？」

彼女がオレの方を見た。目線を合わせると黒い瞳には今まで経験したほどがないほどの孤独を感じた気がした。

「何もいらない」

目線を外してそう言う彼女の答えはきっと……。でもそれは口にしてはいけない。

「わかった。じゃあね」

その日の面会はそれで終了した。彼女は綺麗な服を着ていたし、マスコミが公開していた写真より幾分かふくよかになった気がしたので、それなりにちゃんと暮らしているのであろう。園長先生に挨拶をして養護施設を出ようとした時だった。

「待って！」

また突然呼び止められた。

「また……会いに来てくれる？」

彼女はまるでずっと一匹で飼われていたウサギのような目をしていた。

「七海ちゃんが喜んでくれるなら」

「じゃあ、明日」

「明日は仕事だなぁ」

「じゃあ次の休みの日」

冗談ではなさそうだった。彼女の孤独が伝わってきて、急に抱きしめたい衝動に駆られた。

「わかった。来週の日曜も会いに来るよ」

そう言って、養護施設を後にした。

十六

息子が意外にも高橋七海から色んなことを聞き出してくれたので、その内容を確認していた。江藤和子と高橋七海の関係性は友達でも親子でも知人でもない。私の推測でしかないが、大した話はしなくとも、そこには同じ空気が流れていたのではないだろうか。

念のため江藤和子が住んでいた家の近辺で、彼女が妊娠していたことはないか。お腹が大きい姿を目撃したことはないかと尋ねたが、そのような目撃情報はなかった。例のマシンガントークの初老おばさんは、

「ああ、ないない。そんな彼女はどっちかっていうと痩せていて、お腹が出ているところなんて見たことないわ」と完全否定していたし、江藤和子が七海さんを出産したという説はほぼ無いとみている。だとしたら、高橋七海の本当の母親は一体誰なのか。

そして、江藤和子の歳の離れた友人。もしかしたらその人が響介が拾ったハガキを書いたのでは。と考えたが、あまりにも情報が少なすぎてどこの誰だか不明だ。歳が離れたとは、例えば八十代くらいのおばあちゃんと仲がよかったのか、それとも歳下の若い人と仲が良かったのか。犬の繋がりとはいったい。

私は宇治の江藤家の聞き込みを終えて、車に乗り込み今度はK市の南へ向かう。目的地は一級河川の木津川のほとりだ。

高橋七海の義両親が話していた、川のそばに段ボールに入れて捨ててあったという話。K市に流れている川で一番大きいのは木津川だ。

河川敷には芝生が広がっており、運動公園として整備されている。寒い中、ランニングに励む人や、大学のサークルか何かで集まったジャージ姿の若者たちが輪になってストレッチを行っていた。義母の話は相変わらず支離滅裂ではあるが、「すんげぇちっちゃい赤ちゃんだった」と話していたので、拾われた時点で生後一ヶ月も経っていなかったのでは推測した。母親はK市付近で出産した可能性が高い。とはいえK市は人口七万人ほどの町だし、その半数が女性だとして、十五歳～四十五歳くらいの女性に絞ってもざっと一万人は超える。もしかしたら、十五歳未満の少女が妊娠、出産したなんて可能性もある。

しかし、九年前の出来事を聞き込み調査するには限界があった。K市に三つある産婦人科で「極秘出産をした者はいないか」と尋ねたが、病院のカルテの保存期間は五年と決まっており、九年前のカルテは破棄されていた。

ベテランの助産師さんも首をかしげていたし、

「そういう、子どもを産んですぐに捨ててしまうような人はきっと産婦人科にはかかってないと思うよ」と言われた。ごもっともだ。どこかで妊娠して、自宅の風呂場かどこかで一人で出産したのだろうか。

響介が拾ったハガキについていた指紋は、響介のものと郵便局員三名（細かく分けると集配した人、それを仕分けた人、その上司）のみであった。つまりハガキを書いた人物は、指紋がつかないように細心の注意を払ったとしか思えない。誰だ。どうして江藤和子と高橋七海が繋がっていることを知っていた!?

捜査は残念ながら行き詰まったまま年を越そうとしている。河川敷から署に戻り、夕飯のカップそばを食べようとした時、電話が鳴った。新藤からだ。

「はい」

「あ、警部はまだ署にいるんですか？」

「ああ、ここで年を越すことになりそうだ」

「それがね、目撃者がいたんですよ。九年前の河川敷で女の人が段ボールを置く姿を見たっていうのを覚えている人がいて」

「何だと!?」

「とりあえず来て頂けますか」

示された場所は署から徒歩十五分ほどの蕎麦屋だった。寒風が吹きすさぶなか、早足で目的地へと向かうと、午後十時半の蕎麦屋には行列ができている。

行列を無視して入口から入ろうとすると、

「ちょっと並んで下さいよ！」

と怒られる始末だ。その時、引き戸を開けて新藤が顔を出した。

「あ、林さんすみません」

私は刑事だと順番待ちの人に警察手帳を見せようかと思ったが、変な騒ぎになってもいけないので、黙って店の中に入った。店の中は当然満席で、家族連れやカップルが温かいお蕎麦をすすっている。新藤に続いて店の奥にある住居スペースへと入るとそこには介護用ベッドが置いてあった。

「林さん、この方です。赤嶺サチ子さん」

紹介されたその人は九十を超えているそうだ。介護用ベッドに横になりながら、

「……刑事さんですか」と問う。

「はい」

私が返事すると赤嶺さんは視点が合わないらしく、どこか違う方向を見ている。

「白内障でね……目はほとんど見えないのですよ。でも耳はよく聞こえています」

私は介護用ベッドの脇に静かに座った。

「こんな年の暮れにすみません。あの……九年前に木津川の河川敷で女の人が段ボールを捨てる姿を目撃したとお聞きしたのですが……」

正直なところ、このような老婆の九年前の記憶が正しいのか、本当にその姿を見たのかいささか不安ではある。

「そうですね。髪の長い女の方でした」

「その時、段ボールの中には何が入っていましたか？」

すると、赤嶺さんはゆっくりとした動作で体の向きを変える。

「赤ん坊の人形です。あまり目がよくないので人形をこんなところに捨てるなんて、不思議だなと思って……それで覚えていたのです」

人形でなくて生身の人間なんです。と言ったらサチ子さんは一体どんな顔をするのだろうか。

「その女の方の見た目や顔は覚えていますか？」

「……髪が長いことしか覚えていないです」

私は愕然とした。髪が長いという情報だけではどの女性にもあてはまりそうだ。

「例えば若いとか年配の方だったとかそういったことは……」

「それも正直わかりません、ただ……」

「ただ？」

「泣いていたような気がするんです」

その時の光景を思い浮かべた。自分の産んだ我が子を捨てるとは、それは涙も流れるであろうが、一体どのような理由で捨てざるを得なかったのか。

「他に何か思い出せないでしょうか……」

　頼む。何でもいいから思い出してくれ。

「あの日……天気がとても悪くて……分厚い雲に覆われていた日です。ええと、四月の末だったかしら……」

　高橋七海の正式な誕生日は不明であるが、義両親が彼女を拾ったのは春だったらしい。おそらくその人形は赤ん坊の七海さんである可能性が高い。

「他に何か思いだせることは……」

「そうですね………。あ、そうだわ、確か足を怪我していたような気がします。左足を引きずって歩いていました」

「本当ですか？」

　私は隣に座る新藤と顔を見合わせた。その時だった。お店の方からのれんをくぐって六十代くらいの女性が部屋に入ってきた。

「すみませんねーお茶も出せなくて。少々お待ち下さい」

　慌てて部屋の奥にあるキッチンスペースに向かう女性。

「いえいえ、お構いなく。こんな年の暮れに伺って本当にすみません」

「あんたたち、蕎麦は食べた？　よかったら持ってこようか？」

「そんな大丈夫です、僕らは仕事中なんで」

　新藤が断る。美味しそうな鰹出汁の香りを嗅いでいると早く仕事を切り上げて今日のうちに年越しそばを食べたいところだが、それどころではない。

「すみません、あなたは？」

「あ、嫁の晴枝《はるえ》です。ここは旦那の実家なんで」

「ああ、そういうことで」

その女性はお茶の葉の入った缶を取り出し、お湯を沸かし始めた。

「あの……。サチ子さんは目が悪いけど耳はよく聞こえているとおっしゃっているのですが」

「ああ、その通りよ。両目とも白内障だけど地獄耳だからなんでも聞こえているわ」

「晴枝の小言もよく聞こえているよ」

サチ子さんがそう言うと女性は苦笑いした。

「ところで、うちの母に何の用ですか？」

女性が『うちの母』と呼んだところから考えると、嫁姑の仲は良好なのであろう。

「すみません、九年前に河川敷で見た光景を教えて頂いているのです」

「九年前!?　母さんそんなこと覚えているの？」

女性は驚きながら沸騰したお湯を急須に注ぐ。新藤は昨日、防犯についてのセミナーに参加するため、町にある文化センターを訪れていたのだが、その文化センターは例の河川敷のすぐ隣に立地しているので、さりげなく聞き込み調査をしていたらしい。

「赤ん坊が捨てられているのを見かけませんでしたか？」なんて尋ねたら、市民が驚くであろうと思い、「隣の河川敷で最近、子どもをじろじろ見ている男の人がいるとの通報があって、それでよく河川敷を散歩やジョギングされている方はご注意ください」と話した。実際にそういう通報があったので、嘘をついている訳ではないのだが、そこからうまく過去の話に持っていこうと考えたらしい。そうしたら今目の前にいる赤嶺サチ子さんがヘルパーさんと共に車椅子でそのセミナーに来場していて、そのヘルパーさんと一緒に週に二、三回は必ず散歩をするんですよ。と、向こうから声をかけてきたそうだ。その男の外見などを知りたいとのことであった。

新藤はその男の外見を伝えたあとに、さりげなく「散歩は昔からされているんですか？」と尋ねて、昔話にもっていったそうだ。そこで「あの、覚えていらっしゃるかわからないですが、九年前にとても大切なものを落とされた方がいてずっと探していらっしゃるんですよ」と話すと、「大切なものとは何ですか？」と当然の如く聞き返される。そこで新藤は「人形です。段ボールに入れて橋の下に捨ててしまったそうです」と言ったそうだ。

その話はあとから聞いたが、落としたと言ったのに、捨ててしまったそうです。は矛盾しているだろう。と思ったが、新藤は新藤なりに考えたのだろう。

「私が一人で散歩に行った日のことよ」

晴枝さんはしばらく天井の方を見て「うーん」と思い出す仕草をする。

「あっ、思い出した！　その日は確かヘルパーさんがお休みの日で。目が悪いから一人じゃ危ないし私も一緒に行くって言ってたんだけれど、その日は確か……急な注文が入って行けなくなって……。一人じゃ危ないし、なんだかお天気も悪いから散歩はまた明日にしましょうって言ったのに、一人で行ってしまったことがありました」

小さなちゃぶ台の上にお茶が二つ置かれて、私は「どうも」とお礼を言う。

「あの、サチ子さんに質問ですが、その段ボールから何か音はしませんでしたか？」

耳のいいサチ子さんが赤ん坊の泣き声に気づかないはずがない。ということは赤ん坊はすやすやと眠っていたか、それともその時点で泣く元気もないくらい弱っていたのだろうか。

「いんや、何にも聞こえなかったですね」

「そうですか」

でも、その段ボールを置いた女性は左足を負傷している。これは大きな手がかりになるかもしれない。

「段ボール？　その段ボールに何かとんでもないものが入っていたのですか？」

晴枝さんがそう尋ねるが、答えていいものか。

「大切な人形が入っていたのです」

「はあ……」

晴枝さんは警察が血眼になって探している人形とはいったいどのくらい価値のあるものなのか、と聞きたそうな顔をしていたが、一般人には必要最低限以上の話はしてはいけない。

「あと、すみません。サチ子さんが一人で散歩に出かけた日は何月何日だったか覚えていないでしょうか？」

私がそう尋ねると春枝さんは眉間に皺を寄せて考えこんでいる。

「うーん、九年前ですからね……。何となく春だったような気がするくらいしか答えられないです」

「春だよ。桜が散った後くらい」

ベッドの上のサチ子さんの方が記憶が鮮明らしい。

「わかりました。捜査へのご協力、ありがとうございます。夜分遅くに失礼しました」

「いいえ、お茶飲んでゆっくりしていって下さいね」

晴枝さんは再びのれんをくぐって店の方へと戻っていった。

「サチ子さん、貴重な情報をありがとうございます。僕たちはこれで」

「その大切な人形、見つかるといいね」

去り際にそう話すサチ子さんの視点は全く合っていないが、もしかしたら一瞬人形ではなくて本物の赤ん坊だと気づいたのではないか。そんな気がした。

新藤と共に蕎麦屋を出た私は、署までの道のりを再び早足で進む。

「左足を負傷か」

「九年前の話ですからね」

「探すしかないな」

その時、除夜の鐘の音がどこからか聞こえてきた。

七海さんの義両親の悪行は当然許されないが、この二人が七海さんを拾わなければ衰弱死していたであろう。それに、拾った後も最低限のミルクなどは与えていたそうなので、完全に悪とも言い難い。

今年の紅白歌合戦は紅組が勝ったらしいが、そんなことより七海さんの母親探しが重要だ。元旦から早速聞き込み調査を行う。

午前八時半、静まり返った署から外に出ると太陽がほんのりとアスファルトを照らしている。元旦のこの時間、家族揃ってお正月料理を囲んだり、お年玉をもらった子たちが喜んでいたりするのであろう。

夜のうちに、K市、そして近郊の外科を標榜する病院はすべてピックアップしたが、元旦から開いている病院はゼロだ。病院巡りは三が日が明けてからの方がよい。九年前のカルテが果たして残っているのか、残っていないのか。たとえ残っていたとして具体的な傷病名もわからないので、二十代～五十代の女性で左足を負傷という条件に当てはまる人はそこそこいるのではないだろうか。赤ん坊を捨てるような人だから、病院になんてかかっていないかもしれない。

今日人がたくさん集まるのは神社であろう。私はK市の東側に位置する小さな神社担当、新藤ともう一人の部下は市内で一番有名な神社にて聞き込み調査をする。

正月もへったくれもない生活だが、毎年こんな感じで新年を迎える。新年早々初詣に来た人に、聞き込みをするのは場違いなことくらい分かっているが、二十代〜五十代の女性に九年前に左足を負傷していたかどうかを訊ねる。さらには正月休みをとっていたマイホームパパの石田や実家に帰省していた並木も呼び出し、二人には正月早々、福袋をたたき売りしている大型ショッピングモールへ向かうよう指示を出す。

せっかくの休暇なのに申し訳ないと思いながらも出勤を命じると二人とも「わかりました」と素直に応じてくれた。並木に至っては奈良県の実家に帰っていたのに呼び出しとはなんとも刑事ってのはひどい職業だなと改めて自負してしまう。とにかく可能性が少しでもある限りしらみつぶしに調査するしかないのだ。

今日は風がない。北風が吹くと思わず体が震えてしまうこの時期に、風がなくて太陽が出ているのはありがたい。車に乗っても停める場所がないと判断し、徒歩で現地へと向かうと同じ方向へ歩いていく家族連れの姿をちらほら目にする。徒歩でだいたい三十分、到着するころにはいい感じに体があったまっていた。

神社に続く境内の道には露店がいくつか並んで、香ばしい匂いが漂う。たこ焼き、広島焼き、りんごあめ、クレープ、正月なのでぜんざいを売っている店もある。お腹がぐ〜っと鳴った。せめて一つくらい購入して食べたところでバチは当たらないだろうと思い、広島焼きの露店の列に並んだ時だった。後ろから「あれ?」と聞いたことのある声がした。

振り返ると、そこには我が息子と藤川龍の姉、藤川ありすが立っていた。

「オヤジ？」

「響介か」

「オヤジも初詣に来たの？」

「あ、いや……」

仕事だ。と答えたら、また元日から仕事かよと呆れられそうな気がした。

「仕事？」

そう聞かれて、無言のまま頷く。

「そっか……」

意外にも響介は呆れた顔はしなかった。

「年明けから大変ですね」

そうか、響介と藤川ありすは友達同士と言っていたな。でも元日から二人きりってことは付き合っているのか？　と尋ねるのも何だかな。と思い、黙って前を向いた。露店からは生地が焼けるジュ～という音が聞こえ、ソースの香ばしい香りが鼻腔をくすぐる。そうだ。藤川ありすだって二十代の女性だと気づいた私は再度彼らの方を向いた。

「あの、藤川ありすさんに質問なのですが、九年前に左足を負傷していたことはないですか？」

あくまでもこれは仕事でプライベートではない。

「九年前ですか？　えっと……十五歳の時ですね」

十五歳というと、中学三年か高校一年か。子を産もうと思えば産める歳だ。

「今まで大きなケガをしたことはないです」

「そうですか。失礼しました」

やはり、そんな都合よく見つかる訳がない。前の人が去ったので、次がやっと自分の番である。

「お兄さん、いくつ？」

お兄さんと呼ぶにはあまりに歳をとりすぎている気がするが、「一つ」と答えると鉢巻きを巻いた若い男が熱々の鉄板で焼かれていた広島焼きを二つに折り、プラスチック製の容器に盛りつけて、ソースをかけた。

「マヨネーズ、青のりはいりますか？」

「いや、結構です」

「あいよっ」

新年早々青のりが歯にくっついた状態で聞き込みをするのもどうかと思い、とりあえず広島焼きを持ってその場を去ろうとした時だった。

「あ、そういえば……」

順番が回ってきたありすさんが何かを思い出したようだ。

「あの、林さん。私の母が九年前に足を負傷してましたね」

思わず立ち止まる。

「母とは？」

「例の藤川春子です。ちょうど私の父と結婚して一年目くらいだったかな」

突然の話に私は目を丸くした。

「それは左足ですか？」

「えっと……、あ、ちょっと待って下さいね」

響介とありすさんは自分と同じように広島焼きを受け取り列から去る。

「あちらで話そう」

神社の境内から少し離れた人気のない芝生広場へとやって来た。

「すみません、先ほどの話の続きですが、確か左足だったと思います。あと顔にもアザがあったと思います」

熱々だった広島焼きは丁度いい塩梅に冷めていた。

「それは事故か何かに合われたのですか？」

私が質問すると、ありすさんが急に顔を曇らせた。

「虐待です。私の父が母を殴って……」

「はぁ……」

全くそんな男と結婚した春子という女性を不憫に思うと同時に、写真で何度も見た藤川伸之に嫌悪感を抱いた。

「足は捻挫か打撲かどんな感じでした？」

私は広島焼きを割りばしで切って口に放り込んだ。美味い。

「えっと……私の父が思い切り脛《すね》を蹴って、さらにその場にあった椅子を投げつけたそうで……打撲だと思います」

なんとひどい話だ。そんな男とどうして離婚せずに長年暮らしてきたのか理解に苦しむ。

「そうですか……。言いづらいことを教えて頂いてありがとうございます。あと……春子さんにお子さんはいないそうですが、妊娠していた様子などはなかったですか？」

私の言葉にありすさんは何かを察知したようで眉をぴくりと動かした。

「私は春子さんと一緒に暮らしていたわけではないので……」

「えっと、九年前だとあなたは中学三年では？」

「そうですね……」

藤川伸之は一番目の妻と二年半で離婚した。ありすさんと妹は一人目の妻の娘。藤川龍は二番目の妻の息子である。二番目の妻も四年後に離婚。三番目の妻に至っては僅か九ヶ月で離婚している。その後しばらくは独り身だったのだが、十年前に春子と再婚している。

「一人で暮らしていたのですか？」

「いえ、実の母と妹、龍も一緒に暮らしていました」

ああ、そうだ。藤川伸之の一人目の妻、井口真由美は一時期、子どもたちと一緒に暮らしていたと話していた。

「ではなぜ、春子さんが怪我をしていたことを知っているのですか？」

「実家に置き忘れていたものがあって。えっと……高校に入学したときにどうしても必要だったから、父がいない隙を狙って帰ったのです」

「そうですか……」

藤川春子がもし七海さんの母親だったらという仮説を頭の中で描いてみる。四十歳で出産は十分にあり得る。そして七海さんの誕生日は四月中旬くらいでないかとの推測。新生児が川に捨てられたのは春だということだ。そうなると……。

頭を鈍器で叩かれたかのような鈍い衝撃が襲い掛かった。母親が娘を捨てるなどあるまじき行為だ。だとしたらその行為を知っている者が犯人。七海さんのことが大好きな人物といえば……。もしかして。

半分食べた広島焼きを持って私は思わず立ち上がった。すると、隣にいた響介とありすさんが驚いた顔をする。

「オヤジ、どうした？」

「すまないありすさん。春子さんのことについてもう少し詳しく尋ねてもいいですか？」

「え、ええ……」

「その、高校一年の時に実家に帰った際、春子さんについて何か気になったことはないですか？」

「え？」

「例えば体型がふくよかになったとか、何か気になる言動があったかどうかなど」

妊娠、出産をしたばかりの女性は体型がなかなか戻らなくて悩んでいる人も多いという話を聞いたことがある。

「すみません、正直九年前のことなんで鮮明には覚えていないです。その時母と何を話したのかも覚えていないです」

本当だろうか。虐待を受けたのならその理由など問わないか。

「では、春子さんの髪型などは覚えていますか？」

「髪型ですか？」

ありすさんが眉間に皺を寄せた。

「えっと……髪はいつも長いですね。背中くらいまであります」

藤川春子の亡くなる直前のデータでは身長は百五十六センチ、体重は四十五キロと小柄な方だ。

「貴重な情報をありがとう。もし何か思いだしたことがあれば連絡してくれ」

私は残りの広島焼きを一気に口に放り込んだ。

「そんなに一気に放り込んだら喉つめるよ」

響介が呆れ顔をしている。

「どう、藤川夫妻の殺害事件はそれで解決できそうなの？」

息子にそう聞かれたが口の中がいっぱいで返事できない。

「ぞぞ、だが。ぎじゅうなでがが……」

「オヤジ……、ごめん質問して悪かった。しっかり噛んで呑み込んで」

さらに呆れ顔の息子はきっと、ああまた元日から仕事しているんだなと思っているに違いない。

私はその場を離れて、車に乗るために急いで署へと帰る。藤川春子が妊娠していたという話を聞くことができればこの仮説はビンゴの可能性が高い。

藤川宅は、K市の西南にある閑静な住宅街の真ん中だ。わざわざ車で移動するほどの距離でもないのかもしれないが、何かあった際にいち早く駆けつけることができるのはやはり車である。朝は閑散としていた道路も昼を過ぎて車が混雑してきた。皆、初詣や初売りバーゲンに向かうのだろうか。

一月とは思えないほど温暖な気候は地球温暖化のせいか。朝は凛と張り詰めた空気で外にいると耳が痛くなったが、陽が昇るとぽかぽかと温かい。太陽の光を浴びると眠くなってしまいそうな陽気だが、私の心は急いていた。

何度訪れたかわからない黄色い立ち入り禁止テープが貼られた藤川宅に到着して車を停める。車を降りる前にファイルを取り出して、藤川春子と高橋七海の顔を見比べた。

両者とも綺麗な顔立ちである。そっくりではないが、親子だと考えると、別に全否定するほど似ていなくもない。藤川春子はぱっちりした二重瞼で少々たれ目である。鼻の高さは普通。髪の毛は黒でふわりとした髪質だ。高橋七海は直毛だから、父親は直毛なのではないか。ファイルには当然、藤川伸之の写真も入っている。髪はべったりワックスで塗り付けているので、直毛かどうか判断できない。輪郭は高橋七海と少し似ているような気がした。高い鼻と二重瞼。凛々しい眉と、日焼けした皮膚。この顔で数々の女を虜にしてきたのだろうか。春子氏も虐待を受けてまで結婚生活を続けていたことを考えると、伸之氏にぞっこんだったに違いない。

そこへ、ショッピングモールで聞き込みを行っていた並木が合流する。

「今日はお腹痛くないか？」

「痛くないですよ。やめてくださいよ林さん……それは自分の黒歴史なんで」

「歴史というほど前の出来事じゃないぞ」

並木はうだつが上がらない様子だ。とはいえ彼は強靭な心の持ち主なのでいちいち細かいことは気にしないタイプだ。これが気にするタイプだったらただのパワハラになってしまう。

「ご両親は元気だったか？　すまんなせっかくの休みに」

いつもより言葉数が多い私に並木が不思議そうな顔をしている。

「林さん、なんかいいことありました？」

「何がだ？」

「なんというか……雰囲気が少し変わった気がするんです」

自分でも、こんなに話すのは珍しいと思う。

「さ、仕事するぞ」

　要件はすでに伝えてある。藤川宅の近所で春子氏が妊娠していた様子がなかったか尋ねるのだ。近隣の家にはもう何度も聞き込みを行った。まさか元日からまたインターホンを押すことになるとは。とため息をつきたいところだが、そのため息を呑み込んでインターホンを押す。

「はい」

「すいません、K市警察署の者ですが、少しお話を伺ってもよろしいでしょうか？」

「……わかりました」

　明らかに嫌そうな返答で渋々出てきてくれた近隣住民に話を聞く。

「九年前はまだ私はここには住んでなかったから……」

「さあ、九年も前のことだからねぇ。春子さんはあまり外出しない方だったし、買い物もネットスーパーなどを利用していたみたいだし」

「付き合いがないもんでなぁ、刑事さんたち元日からよく働くねぇ」

「妊娠ですか？　いや～どうだったかなぁ。子どもがいた感じはないけど……てかまだ犯人捕まらないんですか？」

　帰って来る答えは期待外れなものばかりであった。春に出産したとなればお腹が大きいのは冬だから、コートなどである程度隠すこともできる。

「もし、藤川伸之が七海さんの父親なら、恐らく子どもを捨てるように命じたのは彼だろう」

「えっ……自分の子どもを？」

私はサチ子さんの言葉を思い出す。女の人は泣いていたようだったということは、母親は赤ん坊を捨てたくなかったのであろう。

「それか、春子氏が別の男の子を妊娠してそれで怒った伸之氏が捨ててこいと命じた」

「あり得そうですね。まぁどっちにしても物じゃないんだから捨てるなんて理解できないですけど」

並木はまだまだ若い。この先結婚や子どもの誕生などのイベントが待ち受けているのかもしれないが、そうなったら元日から呼び出すのは避けようかと思った。

「はあ……世の中の人はおせち料理を食べてお雑煮を食べてのんびりしているんでしょうね」

並木が空を見上げながらそう呟いたので「すまん」と一言謝る。

「ああ、ごめんなさい！　刑事として大事な仕事をしているのはわかっていますから、大丈夫です。ごめんなさい」

二回も謝られるととても悪いことをしているような気分になる。せめてコンビニでもスーパーの売れ残りでもいいから正月料理を買ってやるかと思った。

日も暮れてきたころ、スマホが鳴る。神社で聞き込みをしていたチームからだった。

「林さん、残念ながら今のところ収穫ゼロです」

「ご苦労、一度全員署に帰ろう」

スマホの通話を切って、コインパーキングに向かおうとした時だった。突然声をかけられた。

「刑事さん」

振り返ると、淡いブルーのセーターを着た中学生くらいの女の子がいた。

「私、春子さんとお話ししました」

「えっ……」

「五歳の頃の記憶だからハッキリとは覚えてないけれど、かくれんぼをしている時に勝手に藤川さんの家に入ってしまって、庭のしげみに隠れていたんです。すると春子さんが庭に出てきて、お腹に向かって何か声をかけていたので、不思議に思って『だれとおはなししているの？』と尋ねたら『お腹のなかの赤ちゃんよ』と答えたはずです」

何だって!?　その中学生の女の子は先ほどまで友達と一緒に初詣に行っていて、家に帰ってきて両親から刑事が訪ねてきた話を聞いたらしい。

「五歳ってことは……今君はいくつだ？」

「十四歳です」

九年前だ。やはり藤川春子は妊娠していた！

「貴重な情報をありがとう」

私は並木と顔を見合わせた。

署に帰ってチーム全員で話し合う。

「藤川春子が高橋七海を出産したが、事情があって彼女を河川敷に捨てた。子どもを捨てた藤川夫妻を憎んだ者の犯行だと考えることもできる」

「江藤和子」

私がそう告げると、新藤が即答でその名前を口にした。

「江藤和子はもしかしたら高橋七海のことを自分の子どものようにかわいがっていたのかもしれない」

新藤の推理は私も考えた。江藤和子が犯人説。

「でも江藤和子は既に亡くなっていますよね」

並木が頭の中で時系列を必死に整理しているようだったので、私は署のホワイトボードにこれまでの経緯をすべて書き出した。

「江藤和子が亡くなったのはおおよその見解だが六月の中旬だ。そして藤川伸之、春子が殺害されたのが五月十五日から十六日にかけての深夜」

「でも……江藤和子はその時点でかなり重病だったのではないでしょうか。それで二人をめった刺しになんてできるだけの体力はあるのか疑問です」

石田の言うことも最もである。江藤和子が犯人だと考えるにはまだまだ条件が不十分ではあるが、藤川夫妻が金銭トラブルで亡くなったという説を一旦白紙にして、七海さんを捨てたことへの恨みと考えるとやはり、七海さんを大切に思っている人物は彼女くらいしか該当しない。

　確かに江藤和子は大腸癌を患っていて、自分の余命を認識していたという話を聞いた。亡くなる一ヶ月前なら移動するのもやっとの状態ではなかったのだろうか。

「誰か共犯者がいると考えては」

　刑事課の会議室に不穏な空気が満ちる。

「江藤和子の元旦那は？」

「あれはダメですよ。ダメ男です」

　江藤和子の元旦那は、亭主関白で嫁になど全く興味がなかった。

「江藤和子には動機があってもその旦那には、藤川夫妻を殺害する動機がない」

「例えば金銭で釣ったとか？」

「なるほど……」

「江藤和子の住んでいた家をしらみつぶしに調べよう。もしかしたらどこからか凶器や、証拠となる何かが発見できるかもしれない」

　元日の夜、家に帰ってせめて残ったおせち料理を食べたいところだろうから、マイホームパパの石田は家に帰した。残るは新藤、並木、そして新卒の早瀬だ。山本はこの間の一件で責任を感じて辞職してしまっていた。

「林さん大丈夫ですか、林さんも少しお休みになった方がいいのでは……」

新藤が心配をしてくれるが、このままでは気になって家に帰っても寝られないと話すと、「そうですか」と小さく頷いた。

刑事になって二十七年。今まで殺人事件は二件担当したが、どちらも金銭がらみの動機であった。一件目の事件は、親戚に金を貸したのに何年経っても返してもらえないという理由でその親戚を殺害した。二軒目の事件は、兄弟の間で遺産相続について揉めて、兄が逆上して手元にあった傘で弟の喉を思い切り突いたところ、亡くなってしまったというものだった。

いずれも動機は単純だったが今回はそんな単純な動機ではないかもしれない。


宇治の江藤家に辿り着いたのは夜の十時半ごろだった。鍵は警察で保管しているので空き家にはいくらでも入れるが、電気も水道も止まっているため真っ暗である。全員で懐中電灯片手に家の中をくまなく探す。

孤独死で遺体が腐敗していたので、今も畳には体液の後が残り、部屋の中は生活道具がそのままになっている。ちゃぶ台の上に置かれたままの新聞紙とコップ。埃を被っている家財道具、押し入れの中は整理されていて、衣類や掃除機、ストーブなどが入っている。居間の引きだしには痛み止めの薬と通っていた病院の診察券、保険証が入っており、銀行の通帳やハンコなどの重要なものも入ったままである。

衣装ケースの中や押し入れの奥、さらには天井裏まで昇ってみるが、凶器のナイフ及び、その他手がかりになる物は見つからない。

「仕方ない……今日は退散するか」

　時刻は午前零時を過ぎている。

「そうですね、夜が明けたらもう一度来ますか」

　江藤和子がもし藤川夫妻を殺したならば……何か証拠を掴まなくてはならない。事件は進歩したようで全く進歩していないような気もする。何としても見つけ出したい。そうして早くこの事件を解決に導きたい。その気持ちが今の自分を支えている。

十七

「本当にオレも行っていいの？」

　ありすは無地の黒いセーターにジーンズ姿で化粧をしている。

「ええ、許可はとってあるから」

「どういう恰好をしたらいいんだろう？」

「私服で十分よ」

　ありすの言葉通り、シンプルなベージュのセーターと黒いズボンを着用し、家を出た。駅から電車に乗り七駅、そこからタクシーで目的地へ向かう。

タクシーの運転手は目的地を聞いて、「はい、わかりました」とだけ答えた。タクシーの中でありすはぼーっと車窓の景色を眺めていた。何を考えているのだろうか。

一緒に暮らし始めて約二ヶ月、彼女はとても強く、優しく、裏表がない性格だということはよくわかっている。だけどたった二ヶ月の付き合いでその人のすべてを把握することは無理だ。オレの知らない彼女がきっとまだ隠れているはず。

自分の親が殺されて、自分の弟が逮捕されて服役中なのに、何一つショックを受けている様子を見せない彼女の心の奥はどうなっているのだろうか。

そんなことを考えながらありすの方をじっと見ていると、その視線に気づいた彼女がこちらを向く。

「どうしたの？」

「あ、いや何にもない」

目的地まではタクシーで二十分ほどかかる。人里離れたのどかな田園風景の中にその建物はあった。高いコンクリートの壁の上には有刺鉄線が張り巡らされている。

今まで交番や留置所に数日連れていかれたことはあっても刑務所というのは初めて訪れる場所だ。ありすはこの面会で二回目になるが、今回オレは初めてここへやってきた。

受付で氏名を書き、身分証明書の確認を終えると面会室へと案内された。ありすはK市で有名な和菓子店のまんじゅうを差し入れに持ってきていた。

テレビドラマなどで見る、アクリル板かガラスかわからないが、透明な板で仕切られた面会室の向こうに、藤川龍が現れると、頭が丸坊主になっていて驚いた。

「面会開始します」

「龍、元気してる？」

姉の登場にも一切動じず、相変わらず飄々とした表情の龍さんが答える。

「元気だよ〜。刑務所のご飯はヘルシーだから痩せたよ」

確かにふくよかだったお腹はへこみ、スレンダーな体型になっている。

「今日は彼氏を連れてきたの。ほら、例の林響介さん」

紹介されて挨拶をする。

「林響介です」

すると、龍さんはあっと声をあげた。

「あれ〜、確か新聞屋さんじゃ……」

「ごめんなさいあれは嘘です」

そうだ、龍さんと初対面の時オレは謎の新聞営業マンを演じていた。頭を下げて謝る。

「そうなんだ〜」

何を考えているのか読めない。ありすから聞いた話では、龍さんは昔から何があっても動じない性格で、興奮したり落ち込んだりすることは滅多にないと聞いていた。軽度の発達障害と知的障害らしいが、言葉遣いは流暢だし、とにかく喜怒哀楽の感情を何一つ感じ取れない不思議な人だ。

「あの、今日は高橋七海ちゃんから伝言を預かってきました」

オレがそう言うと、「へぇ〜何？」と淡泊に問う。

「迷惑かけてごめんなさい。ありがとう」

「ああ、気にしてないよって伝えておいて〜」

気にしてないとは……。いくら何でも彼女の頼みを聞いてそれが原因で服役中だっているのに気にしていないのか。この人はどうして七海ちゃんの願いを聞き入れたのだろうか。

「あの……すみません。単純に質問なのですが、どうして七海ちゃんの願いを聞き入れたのですか？」

オレの質問にも表情を変えない龍さんは「う〜ん」と唸り「なんでだろう。彼女がとても辛そうに見えたから」と答えた。

辛そうだったらなんでも願いを聞くのだろうか。例えば七海ちゃんが「銀行強盗をしてください」とか「あの人を殺してください」とかお願いしても聞き入れたのだろうか。なんて質問はあまりに軽率で馬鹿げているので心の中でそっと封印した。

「あ、そうそう。態度が真面目だから早く出られそうだよ〜」

龍さんがありすに向かってそう言う。

「そう、良かったわ」

「早くおまんじゅう食べたいな〜。どうせならポテトチップスも食べたかった〜」

するとありすが笑って、

「ポテトチップスは今度ね。せっかく健康的な体になったんだから」

「ええ～、やっぱりインスタントラーメンとアイスとポテトチップスは鉄板でしょ～」

　刑務所の面会室とは思えないほど和やかに話す二人に拍子抜けしてしまう。しかし、二十分くらい雑談をしたところに突然、龍さんが「そういえば、まり姉が面会に来たんだ」と話した。ありすが驚いた表情で「まりんが!?　いつ!?」と聴き返す。

「先週だよ。えっと～先週の水曜日」

　まりんとはいったい……。そうだ、ありすには妹さんもいたんだった。ありすとまりんという洋風な名前の姉妹に対して龍という名前は和風なイメージだが、そういえば母親が違うんだよな。こういうのを異母姉弟というのか。

「まりん、今どこで何しているって言ってた!?」

「京都市内の動物病院で働いているって言ってたよ～」

「動物病院？　ああ、あの子昔から動物が好きだったから……」

　オレは完全に蚊帳の外で、黙って姉弟の話を聞いていたが、ありすがこちらを向いて、

「ああ、ごめんね身内話で。まりんってのは私の妹なの」

と説明してくれた。

「元気そうだった？」

「うん、元気そうだったよ～」

「まりん、何か言っていた？」

「うん、なんで龍が逮捕されてるのか意味わかんないって言ってた～」

「まりんらしいね」

親が殺されたことについては何も言わなかったのだろうか。と疑問に思ったが、ありすと龍さんの会話は続く。

「動物病院ってことは医者になれたのかな？」

「バイトだって言ってたよ～」

「そっか、医者はね……」

「でもいずれは獣医師を目指すって言ってたよ～」

「そうなんだ」

まりんさんはたしかありすの二つ下、ということは二十二歳である。

「今もハムスター飼ってるのかな」

「ああ、それは聞いてないなぁ」

今もってことは、昔はハムスターを飼っていたのか。完全にアウェイ状態のオレに気づいたありすが、

「あ、ごめん。妹がね、ハムスター大好きなの」

とまた説明をしてくれる。

「そうなんだ」

「龍も動物好きだよね？」

「うん〜」

「昔、三人でよく犬が飼いたいだの、猫が飼いたいだの言ってたよね。私達、団地に住んでいたから小動物しか飼えなくて」

「奇遇だね、オレも団地に住んでいたよ」

「えっ、そうなの？」

二ヶ月ありすと一緒に暮らしていたがそういえば団地に住んでいたという話はしたことがないし、聞いたことがなかった。

「え、何団地？　もしかして一緒だったりして」

「小見山《こみやま》団地だよ」

「えっ……本当に!?」

その時、龍さんが両手をポンと叩いた。

「ねぇ、林さんってもしかして〜、きっちゃんて昔呼ばれていなかった？」

「え……まさか」

オレの脳裏に思い浮かんだ、仲が良かった二人、あっちゃんとまりちゃんはまさか……。

「もしかして、あっちゃんとまりちゃん……？」

するとありすが「ああっ！」と大きな声を出した。

「えっ、きっちゃん!?　きっちゃんだったの？」

「りす公園で一緒に遊んだ……」

りす公園とは団地の中にある公園で、りすの形をしたすべり台があった。

「うん、遊んだ遊んだ！　まさかあのきっちゃんだったとは！」

あっちゃんとまりちゃんの顔はぼんやりとしか思い出せないけど、龍さん、つまり男の子はいたっけな？　なんかそういえばいたような気もする。

「あれ、ななちゃんて子もいなかった～？」

龍さんが尋ねる。

「ああ、奈々美はオレの妹だ」

「龍、記憶力いいね。一番年下なのに」

男の子、男の子……あれ、男の子ではないが、そういえば同い年くらいの女の子が公園の隅で蟻の観察をしていたことを思い出した。

「もしかして、龍さんって幼いころ、蟻の観察とかしてました？」

「うん、してたよ～。虫とかすごい興味があって」

なんと、髪が長くてスカートや女の子用のパンツを履いていたからてっきり女の子だと思っていたが、男の子だったとは。しかも、オレ、奈々美、ありす、まりんさんの四人の輪にはあまり入ってなかったから、別の家の子だと思っていた。

「驚いた……」

「オレ、確か小一の冬に引っ越したから」

「うんそうだよね。引っ越すって聞いて寂しかったの覚えているよ」

「オレらさ、よくりす公園で縄跳びしてなかった？」

何たる偶然なのだろうか。郵便屋さんの歌を歌って縄跳びで遊んでいたオレは、ある日、本当にハガキを拾うことになる。そしてありすと出会った。そして今、ここに一緒にいる。

「龍、まりんは今どこに住んでいるの？」

「あ、ごめんそれも聞いてないや～。でも京都市内で働いているんだから京都市内に住んでいるんだろうね～」

「京都市内って、広いよ」

ありすが残念そうにしている。

面会時間が三十分を過ぎた。そろそろお開きだろうか。

「あの、龍さん。刑期ってあとどれくらいですか？」

七海ちゃんが唯一嫌いじゃない大人、いや子ども？　の龍さんが会いにいったら七海ちゃんが喜ぶんじゃないか。そう考えて質問した。

「う～ん、あと半年くらいかな～。あ、でも無罪になるかもしれない」

無罪？　突然何を言い出すのか。

「無罪ってどういうこと？」

ありすがそう問いただす。

すると、龍さんは人差し指で頬をポリポリ掻いてこう答えた。

「だって兄妹だから」

「えっ!?」

オレとありすの声が被った。兄弟ってどういうことだ?

十八

午前九時、再び訪れた江藤宅にて再度捜索が行われる。キッチンに置いてあった包丁は昨日すべて押収したが、どれも藤川夫妻の刺し傷とは違う。

「捨ててしまったのかな」

新藤が難しい顔をしている。

「刃物は特別ゴミでしか回収しない」

「ええ。でも例えばスチール缶などに入れてしまえば、ゴミの収集者もわざわざその中身まで見たりしないですし」

「ああ……」

確かにナイフ一つくらいなら新聞紙でくるんだり、何かの袋に三重、四重にくるんでしまえば一般のゴミでも回収してしまいそうだ。凶器が見つかるのが一番の近道だと考えて捜索しているが、それ以外にも何か手がかりになりそうなものはないのか。

「無駄足かもしれんな」

エアコンの効かない室内では手足がかじかむ。天気は曇りで湿度はかなり低い、昨日とはうって変わって西高東低の冬型の気候である。

江藤和子と藤川夫妻の関係を示す資料、そして同じく江藤和子と高橋七海の関係を示す何か。そしてさらに、江藤和子が犯人だとしたら共犯者がいる可能性も考慮して、押し入れの中のアルバムや郵便物も細かくチェックしていく。

「江藤さんって犬飼ってたんですよね？」

それはご近所さんへの聞き込みですでに知っていることだ。

「それがどうした？」

「いや、犬が大好きだったんでしょうね。人間の写真は殆どないのに、犬の写真がたくさんアルバムに貼られているので……」

確かにアルバムには、かわいい柴犬の写真が丁寧に収められており、メモ書きも挟まれている。「花、五ヶ月」「花、一歳」「花、三歳」成長に合わせたメモを見ると江藤和子は几帳面な性格だったのだろうかとうかがえる。

押し入れの中から、古びたリードが何本か出てきたし、未使用のペットシーツなども出てきた。そういえば響介が高橋七海さんに会いに行った際に犬関係の友人がいるという話を聞いたことを思い出した。

「年賀状などは殆どないですね。交友関係が希薄だったとは聞いていますが」

「そうだな……」

何でもいい。何か事件解決のヒントになるようなものはないのか。それともやはり無駄足なのだろうかと諦めかけた時、リードの入っていた缶の中の紙に目がいった。

それは文字が薄くなっていたが動物病院の領収書だった。手術費が三十万円かかっている。

「ああ、動物の手術って保険が効かないから高いですよね」

動物を飼っていると去勢手術なども行うだろうから、不自然ではないのだが、その病院の住所が気になったのだ。

「京都市の北山の病院……。なぜこんな遠くまで連れていったんだろうな」

宇治市は人口も多く、動物病院もいくつかあるはずだ。それなのに、わざわざ京都の北山まで行った理由はいったい何なのだろうか。

「ダメ元で行ってみるか」

私がそう提案すると新藤が驚いた顔をする。

「えっ、この動物病院にですか?」

「ああ、この領収書は八年前のものだ、まだ八年ならスタッフも覚えている可能性がある」

「……わかりました」

新藤はなぜ動物病院へ向かうのかと不思議そうな顔をしているが、私の長年の勘が何かを訴えかけているのだ。

その動物病院は今も健在で、電話をかけてみたが年始ということもあり、本日は休診ですという自動アナウンスが流れた。

「さすがに正月の二日から開いてないか」

「そりゃそうですよ。えっと……ホームページでは四日から通常診療開始と書いてありますよ」

「あと二日、我慢するか」

「あ、でもちょっと待ってください」

新藤がスマホに目を近づける。

「なんだ？」

「急患の場合はこちらに電話してくださいって書いてあります」

ホームページの概要欄に書かれた先ほどとは別の電話番号にコールすると女の人が出た。

「はい、カームアニマルクリニックです」

「失礼します、警察の者ですが……」

事情を説明して、本日の午後に伺う旨を伝えると快く承諾してくれた。

「よかった、二日待たなくて済んだな」

「北山ですか。京都は神社が多いですから、今日は道が混んでるんじゃないですか」

「そうかもな」

私は新藤とともに車に乗りこんで北山へと向かう。途中でコンビニに寄っておにぎりとサンドイッチを購入し、ほおばりながら車を進める。

「正月らしいもの、何も食べてないですね」

「せめて黒豆でも買ったらよかったか」

「もういっそのこと、忙しい人の為におせち料理をおにぎりの具にしてくれたらいいのに」

なんて言って新藤が珍しく、くすっと笑う。

「正月だけ数の子おにぎりとか、かまぼこおにぎりとか販売してほしいですね」

「かまぼことおにぎりを別々に買って一緒に口に放り込んだらいいだけだ」

「そりゃそうですが……」

新藤が苦笑いしながらブレーキを踏んだ。

「あ、ほら、いっそのこと伊達巻を恵方巻のようにかじってみましょうか」

今日の新藤は表情が明るい。プライベートで何があったのかもしれないが、敢えて尋ねない。

「そこまでして正月料理が食べたいか」

「……確かに、そこまでしなくてもいいかな」

京都の八坂神社付近と平安神宮の近くの道はきっと混んでいるだろうと予測して、遠回りして北山へとたどり着いた。

レンガ造りで三階建ての「カームアニマルクリニック」は個人院としては大きな建物で

駐車場も六台分もあった。

　オシャレなベージュの入口の横にあるインターホンを押すと「はい」と応答がある。

「すみません、先ほど連絡した警察の者ですが」

「少々お待ち下さい」

　扉が開くと、白衣を着た若い女性が出迎えてくれたのだが、そこで私は何かこうデジャヴのようなもの感じた。誰かに似ている。誰だ……。

「どうしたんですか林さん？」

　入口前で立ち止まる私に声をかける新藤の言葉が右から左に抜けていく。ああ、そうだ最近会ったあの人だ。

「まさかとは思うが……」

「だからどうしたんですか？」

「似ていると思わないか？」

「誰にですか？」

「藤川ありすさんだよ。藤川龍のお姉さんの」

　新藤はいまいち顔が思い出せないようで、

「ごめんなさい、ちょっと顔が思い出せないですが似ているんですね。とにかく中に入りましょう」

　病院の待合室はとても綺麗で清潔感のある黄緑のソファーが白い壁にマッチしている。

タイル貼りの床は動物病院なのに埃一つ落ちていない。奥の部屋から犬の鳴き声がする。きっと入院している動物たちもいるのだろう。

診察室の扉が開いて、医師が顔を出した。

「すみませんお待たせしました。院長の小野《おの》です。こちらへどうぞ」

通された部屋は四畳ほどの狭い部屋だった。

「こんな狭い部屋ですみません。待合室は患者さんが来られるかもしれないので」

「お忙しいところ申し訳ありません。あの、お電話でお話ししたとおり、八年前に花ちゃんというメスの柴犬がこちらで手術を受けたみたいなのですが」

そう言って、古びた領収書を見せると院長はその紙を覗き込んだ。

「ええ。確かにうちの領収書ですね。ただすみません八年前のカルテは残っていないもので」

「では、この時に犬を連れてきた江藤和子さんという方もご存知ないですか?」

院長はちょうど自分と同い年くらいだろうか。髪に白髪が交じっている。

「ええ、うちは動物病院なので動物の名前は尋ねても飼い主様の情報までお聞きしたりしないので……」

一応、江藤和子の顔写真を見せてみるが院長は首をかしげた。

「犬の写真も見て頂けますか」

江藤和子の家から拝借した写真も数枚、院長に見せてみる。

「……なんか見覚えがあるかもしれない」

「本当ですか!?」

　思わず大きな声が出てしまった。

「とはいっても、似たような犬はたくさん診てきたから間違いだったらすみません。確か深夜二時ごろに突然うちにやって来たんですよ。ああ、そうだ。敬子《けいこ》！　ちょっと来てくれ」

　院長が突然部屋の扉を開けて奥の診察室の方へ向かって敬子という名を呼んだ。すると、しばらくして一人の女性が部屋に入ってきた。

「あ、すみません妻の敬子です。ここの看護師をしています」

　院長が紹介してくれた夫人は今時よく見るあずき色のナース服を着用していた。このあずき色が人気なのは、確か血がついても目立たないからだ。

「この犬覚えていない？」

　院長は妻に写真を見せる。敬子という女性はじっとその写真に見入っている。そこへドアを開けて、さきほどの受付の女性が入ってきた。

「どうぞ」

　女性はトレイに乗せた温かいお茶を我々に差し出した。

「ありがとうございます」

「そうだそうだ！　思いだしたぞ。藤川さんが確か一緒に付き添ってきたよね？」

「え？」

「ほら、八年前の正月の深夜にうちに犬を連れてきた」

私は耳を疑った。藤川だと……顔といい名前といいまさか……。その藤川という女性は犬の写真に見入っていた。

「あの、すみませんあなたはもしかして……」

私がそう言うと女性が顔をあげた。藤川夫妻が殺害された際に、警察では藤川家全員の行方を追っていた。しかし、すぐに見つかったのは長女のありすだけで、次女のまりんと長男の龍の行方はわからずにいた。

「藤川まりんさんですか？」

私がそう質問すると女が目を丸くした。

「はい、そうですが。どうして私の名前を……」

私が新藤の顔を見ると、信じられないという顔をしている。

「やっと見つけた……」

何という偶然に次ぐ偶然なのか。藤川夫妻の次女がこんなところに……。

「この子、もしかして花ちゃん？」

まりんさんが写真を指差してそう言った。

「花ちゃんを知っているのですか!?」

「はい、私がこのクリニックに連れてきたから……」

「ええと、どういうこと？」

新藤は混乱している様子だ。私も何が何だかわからない。

「中学生のころ……といっても中学なんて行ってないけど、ぐったりしている犬を抱いて彷徨っているおばさんに出会って、ここを紹介したんです」

院長も花の写真をじっとのぞき込む。

「そうだったよね。確か雨が降る寒い夜だった」

「そうですね。雨の中びしょ濡れで犬を抱きかかえているおばさんに、どうしたんですかと聞いたら犬がぐったりしていて元気がない。この辺りに年末年始も開いている病院があると聞いてやってきたというので、私が知っている限り、ここのことだろうと思って案内したんです」

何だと……。藤川家の次女、まりんと江藤和子はそんなところで出会っていたのか。

「ところで花ちゃんは何の病気だったんですか？」

私がそう問うと、院長が「癌です」と答えた。

「癌って……動物でもなるんですね」

「そうですね。犬でもなりますよ」

「何の癌だったんですか？」

「ええと……そこまでは正直覚えていないです、すみません」

「確か、手術をした後二週間ほど入院してましたね」

敬子さんがそう言う。

「まりんさんは、中学生……八年前は十四歳ですよね。この辺りに住んでいたのですか?」

私がまりんさんに向かってそう質問すると、彼女は表情を暗くした。八年前といえばちょうど、藤川家の姉弟がバラバラになってしまった時だ。私の質問に対してまりんさんは何も答えない。どこでどうやって暮らしてきたのだろうか。

「お姉さんが心配していましたよ。連絡してあげてください」

「お姉ちゃんなんか……」

よく見ると、まりんさんは小刻みに震えていた。

領収書のみで、診療費の詳細までは書かれていなかったが、手術をしたとなるとこの金額も納得できる。私はペットを飼ったことはないが、保険がきかないからとにかく医療費が高いという話は度々耳にする。

私が持っている領収書は日にちの部分が生憎やぶれてわからなくなっていた。

「江藤和子さんがその花ちゃんを連れてきたのはその一回きりですか?」

「そうですね。連れてきた時と迎えに来た時と二回お会いはしているはずですが」

「そうですか……」

私は再び藤川まりんの方を覗き見るが、彼女は目線を逸らして黙り込んだままだ。

「まりんさん……お答えいただけないでしょうか。江藤和子さんとはその時のみお会いしたのですか？　それともその後もお会いしたりしたのでしょうか？」

そう質問すると彼女は唇を噛んで押し黙る。

「藤川さん、警察の質問にはお答えした方がいいですよ」

院長がフォローしてくれるが、相変わらずまりんさんは小刻みに震えている。

「江藤さんが亡くなったのはご存知ですか？」

「やっぱり亡くなったんですよね……」

「やっぱりとは、どういうことですか？」

「死期が近いのは知っていました」

そうだったのか、江藤和子と藤川まりんは親密だったのか。

「何の病気だったかご存知ですか？」

「はい……大腸癌です」

「それを知っているということは、江藤さんとあなたは何らかの関係をもっていたということですね」

「……はい」

まりんさんは噛んでいた唇を元に戻し、脱力したような表情で答える。

「それはどのような関係ですか？」

「友達です」

そうか、響介が七海さんから聞いた歳の離れた友達とはまりんさんのことだったのか。

三十近く歳の離れた友達というのは、あまり耳にすることがない。

「それはいつからですか？」

「最初に出会った日から」

「つまり、この病院を江藤さんに紹介した日からってことですね」

「はい」

まりんさんは質問には答えるが、魂が抜けたかのような顔をしている。何か事件の真相についても知っているのであろうか。

「ええと……あなたはまだその時十四歳ですよね。一体どこに住んでいたんですか？」

「……それは答えないといけないですか？」

無表情のまりんさんの瞳の奥に何かとてつもなく悲愴なものを感じた。

「出来る限り答えて頂けないですか」

私の言葉に、まりんさんはゆっくりと口を開く。

「私が十四歳のころの十二月に、龍と一緒に母の元を去ったのですが、途中で龍の姿を見失ってしまいました。あ、龍とは私の弟です。……知ってますよね……なんかよく分からないけど、女の子誘拐して逮捕されていて、テレビでその報道を見て混乱しました。まさか弟が逮捕されるなんて……。すみません、話が逸れましたが、弟を探してウロウロしていたのですが、冬だったのでとても寒くて……。どうしていいかわからないまま町をさまよって随分歩きました。右京区の家から北区まで知らず知らずのうちにきていて、夜になって雨が降ってきました。寒くて、でも着の身着のまま逃げてきたからお金もなくて……。そんな時、犬を抱えたおばさんが困り果てた表情できょろきょろしていたので声をかけました。病院を探しているとのことで」

辛い話をさせてしまっているのはわかっている。だが、聞かないわけにはいかない。

「この病院を紹介したということですが、病院をご存知でしたのですか？」

「たまたま歩いている途中でここの看板を見ました。救急もやっていて、年中対応しているって書いてあったので……」

なるほど、そういうことなのか。

「そこで江藤さんと花ちゃんと一緒にこの病院に来ました」

まりんさんの目は焦点が合っていない。

「それで、ここで今働いているのは？」

「敬子さんのご厚意でここに住ませていただいております」

すると、先ほどまで黙っていた敬子さんが口を開いた。

「ええ、あの日江藤さんと一緒にここを訪れたまりんさんは、ずぶ濡れで震えていたので、シャワーを貸しました。家はどこかと尋ねると、黙ったままだったので……。最初は江藤さんの娘さんだと、てっきり思っていたのですが、お顔が全く似ていなかったので、あの方はお母さまではないのですか？　と尋ねるとまりんさんが頷きました。それでゆっくり話を聞いていると、大変な目に遭われていることがわかったので……」

「それで彼女を住まわせる代わりにここで働いてもらっていると」

「ええ、その通りです」

そうだったのか。彼女が母の元を去ったのは十二月三十一日の大晦日だと、井口真由美が話していた。そんな日に借金の取り立てに向かう奴らもどうかしている。

まりんさんは結果として翌日一日からこのクリニックに住むことになったとして、弟の龍は一体どうやって生き延びたのであろうか。いくら北国でないとはいえ、冬に野宿などしたら低体温症で死ぬかもしれない。

敬子さんは私と同い年くらいで背は低いが姿勢が正しくて凛々しい顔をしている。

「まりんさん、ご両親がお亡くなりになった際にご家族に連絡を取るためにあなたのことも調べさせて頂きました。お姉さんのありすさんには連絡がとれたのですが、次女のあなたと長男の龍さんには連絡がつかず、行方が全くわからない状態でした。テレビなどであなたのお父様が亡くなったのはご存知ですよね？」

「……はい」

彼女の表情は暗い。父は殺害され、弟は逮捕された。波乱万丈にもほどがある。

「江藤さんとはどのような経緯で友達になられたのですか？」

私の質問に彼女はいささか不安そうな顔をする。

「あの、弟の件や父の件で警察が私を訪ねてくるのはわかるのですが、なぜ江藤さんのことをお聞きになるのですか？」

私は思わず新藤と顔を見合わせた。あなたの弟が誘拐していた高橋七海さんが江藤さんと繋がっていたようなのです。と真実を告げてもいいものか。

「すみません、詳しい事情はお話できないです」

そう答えると、まりんさんは戸惑った表情をする。

「友達になった経緯は教えていただけないですか？」

念を押すようにそう言うと、彼女が頭を掻いた。

「クリニックから携帯電話を支給されていたので、その番号を教えました。患者さんへのアフターフォローに使用するものです」

「アフターフォローですか？」

「ええ、その後ペットの様子はいかがですか？　と尋ねたり、患者さんからの質問に答えたり、あとは予防接種の時期を知らせるためにメールを送信したりします」

「そんな重要な役目をあなたが担っていたのですか？」

まりんさんがもどかしそうにしていると、隣から敬子さんが補足する。

「彼女から申し出があったのです。まりんさんは本当に動物がお好きで、最初はアフターフォローまでやってなかったのですが、結構ね、退院した後の患者さん、つまり飼い主からクリニックに電話がかかってくるんですよ。食欲がないけど大丈夫か。とか健康面の相談で。それに一つ一つ院長や私が対応していると現場がまわらなくなるので、まりんさんが自分ができることをしたいって。まりんさんは獣医学をかなり勉強されていますよ。下手したら私や主人より詳しいんじゃないかしら」

　突然褒められたまりんさんは、恥ずかしそうな顔をしている。

「まりんさんの受付業務中にクリニックの電話が鳴ると、そっちに手をとられてしまうから、メールで対応できるようにしたんです。最初はクリニックのパソコンでやってたんですが、彼女が休みの日にも対応したいって言ってくれたから、携帯電話を持たせることにしました」

　なるほど、そういうことか。江藤和子にも他の患者と同様にアフターフォローのために電話番号やアドレスを教えたということか。

「最初は本当に花ちゃんの様子を尋ねていたのですが、江藤さんの方から花ちゃんの写真が送られてきたり、誕生日に犬用ケーキ作ったのとか、そういうプライベートな話もされていたので……返信していたらいつの間にか何年もメール交換していました。ごめんなさい」

　まりんさんが敬子さんの方とちらりと見る。職場用の携帯電話を勝手にプライベートな理由で利用していたことについて、敬子さんは特に反応している様子はなかった。

「なるほど。それで花ちゃんが退院した後も、どうしているか話を聞いていたということですかね。その後もずっと江藤さんがお亡くなりになるまで連絡を取り合っていたのですか？」

「……はいその通りです。最初は、食欲はあるか、散歩には行っているか、など尋ねていました。そのうち、自分には花しかいない。死んでしまったらどうしよう。という江藤さんの悩み相談を聞くようになって、私的な話もいろいろ聞いているうちに、メールの交換回数が増えていきました。通話もたまにしていましたが、職場用の携帯電話なので、通話料金のことを考えて短時間だけにしました。江藤さんの方からかけてもらうこともありましたが、江藤さんもおひとりの生活で、決して金銭的に楽な暮らしはされていなかったので……。電話で話すことは稀でした」

「そうですか……。花ちゃんが退院してから江藤さんとお会いすることはあったのですか？」

院長が席を外して、お茶を入れてきてくれた。

「あの、やっぱり気になるのですが、どうしてそこまでお聞きになるのですか？」

新藤と顔を見合わせる。新藤も同じことを考えているようだ。しかし私は刑事なのでこういった場面で人情よりも事件解決のために動かなければならない。

「……わかりました、お話ししますね。K市で行方不明になっていた高橋七海さんは江藤和子さんと何らかの繋がりがあったようなのです」

「え、もしかして……」

「何かご存知なんですか!?」

「あ、いえ。江藤さんから公園で女の子と会っているという話を聞きました。とてもかわいい子で小学生だと。名前までは聞いていなかったですが、まさかその子が龍の誘拐したっていう……。そういうことでしょうか？」

　これはもしかしたら何か聞き出せるかもしれない。

「江藤さんは他にその子について何か言ってなかったですか？」

「それは……。それを私に尋ねるのは何故でしょうか？　彼女の事件はもう解決しましたよね。もちろん弟が大迷惑をかけたことは親族として謝ります」

　どうしようか。どこまで話していいのか迷うところだ。

「わかりました。お話しいたしますので、院長と奥さんは席を外していただけますか？」

　私がそう言うと、院長と敬子さんはわかりましたと言い、個室から出ていった。

「私たちは今、あなたのご両親が亡くなった事件の捜査をしています。現場に遺書のようなものが残されていましたが、明らかに他殺だと考えられます」

　私の言葉にまりんさんの表情が曇る。

「……そうだとしても、私の両親とその高橋七海さんと江藤さんが何の関係があるのでしょうか？」

「確かにそう思われますよね。さきほど、ご両親が亡くなった事件の担当をしているとお話ししましたが、高橋七海さんの事件もまだ完全には解決していないのです」

　私は鞄の中からファイルを取り出して、一枚の紙を彼女の前に置いた。

「これは……？」

「ある者が道でそのハガキを拾いました。そのハガキが警察に届いたことがきっかけで事件が解決したのですが、このハガキは高橋七海本人が書いたものではないそうです」

彼女に見せたのは、響介が拾ったハガキの裏表をコピーしたものだった。

「きょうとふうじし、えとう和子……」

「そうです。何者かが、高橋七海が誘拐、監禁されていることを知っていて、尚且つ、江藤和子さんと高橋七海さんが知り合い同士であることを知ったうえでこれを書いて落としたものだと思われます」

まりんさんはそのハガキに視線をやったまま動かない。

「……このハガキを書いた人を探しているのですね」

「その通りです。そして勝手な憶測ではありますが、我々が担当している、あなたのご両親の殺害事件とこのハガキがどこかでつながっているような気がしてならないのです」

結局のところ彼女にすべてを明かした。彼女がどういった反応をとるのか気になる。今のところ彼女の目が泳いでいる様子はないので、このハガキを初めて見て驚いているようだ。

「あなたはご両親が亡くなった際の様子をどの程度ご存知ですか？」

私がそう質問すると隣の新藤が、

「ごめんなさい、あなたは被害者家族でとても辛い思いをされているのに、こんな質問を投げかけて申し訳ないです。でもあなたの話が解決の糸口になるかもしれないので、もう少しだけお付き合い願えませんか？」

と謝る素振りをする。ああ、こういうところか。私はつい自分の仕事をこなそうと淡々と質問をしてしまうが、新藤はこういった気遣いができる。部下だけど見習わないといけない。

「両親ですか……。テレビで見た限りですが、自宅で刃物で刺されて亡くなっていたとしか……」

その言い方はまるで赤の他人の話をするようだ。彼女も姉のありすと同じく、自分の父親を父親と思っていないのか。

「遺書の件はご存知ですか？」

我々の質問に彼女は一瞬目線を外した。

「ええと……確か遺書が残されていたけれど、現場に残されていた刃物と刺された傷が一致しないから警察は他殺として捜査していると」

「よくご存知ですね」

確かに、マスコミがそこまでは情報を公開している。

「それではすみません、話を戻しますがあなたと江藤さんは、花ちゃんが退院した後お会いすることはありましたか？」

私の質問に彼女は眉間に皺を寄せた。

「それって……もしかして、私が容疑者として疑われている？」

すると新藤が慌てて、

「そういうわけではないです。根掘り葉掘り質問して申し訳ないです。我々はあくまで事件解決の糸口を探しているだけなので不快にさせたならごめんなさい」

とフォローしてくれる。私一人で来なくてよかった。新藤は信頼できる奴だ。

「わかりました。私と江藤さんは一回だけ会っています」

「それはいつ、どこでですか？」

「病院です。宇治の病院でもう和子さんがかなり弱っている時です」

「ということは去年ですかね？」

「はい、去年の……すみません日時までは覚えていなくて」

「大丈夫です。お会いしたのはその時だけなんですよね？」

「はい」

「江藤さんから、七海さんについてもっと他に聞いたことはないですか？」

「……わからないです」

「わからないとは？」

「ええと、特にこれといって聞いてないです」

「わかりました。あと先ほどのハガキですが、文字に見覚えはありませんか？」

高橋七海が誘拐、監禁されている事実を知る者としては、龍の姉のまりんが知っていた可能性もゼロではない。ここはカマをかけてみようか。

「実は、このハガキはあなたが書いたんじゃないかと私は考えています」

唐突な話に、彼女よりも新藤が驚いた顔をするが一瞬で私の考えを理解したのか表情を元に戻す。私の言葉に彼女はどのような反応をするのだろうか。

「えと……私がですか？」

「ええ、あなたは弟の龍さんが七海さんを監禁している事実を知っていたのでは……」

と言いかけたところで部屋の扉が開いて院長が顔を出した。

「すみません、今から急患がやってきますが、聞き取りはまだ続きそうですか？」

「ああ……」

タイミングが悪いなと心の中で毒づいたが、ここが動物病院の中だということを忘れてしまいそうであった。まるで警察署の取り調べ室のように尋問しているが、私達の方が客なのだ。

「一旦落ち着くまでお待ちしています」

「すみません、緊急のオペになると思うので」

「わかりました。一旦退席しますので、落ち着いたらこちらにご連絡願いますか？」

私は電話番号を書いた紙を院長に渡して、新藤と共にアニマルクリニックを後にした。

「重要なところが聞けなかったですね」

新藤が残念そうに言う。

「とりあえずカマをかけただけだ。彼女がどういった反応をするのか見たかった」

「そうだと思いました」

空は曇天で今にも雪が降ってきそうな寒さの中、近くに見つけたうどん屋に入る。温かいきつねうどんをほおばると、急に眠気に襲われてきた。

「林さんが眠そうにしているの、珍しいですね」

「……いかんな」

「たまには休憩も必要ですよ」

私と新藤はパーキングに停めてある車の中で待つことにしたが、珍しくウトウトしてしまった。

十九

無機質な面会室の中は異様な空気に包まれていた。

「え……兄妹ってどういうことですか？」

丸坊主でスリムになった龍さんは当然の如くそう話したが状況が読み込めない。

「えっと、正確には異母兄妹になるのか。七海ちゃんは四人目の奥さんの子どものはずだよ～」

オレがありすの方を向くと、ありすは不審そうな顔をしている。

「そんなの初めて聞いたわ……」

「そうだろうね～。多分オレしか知らない」

「えっと……。龍はどうしてそんなことを知っているの？」

「いつだったかな～、春子さんに会ったんだ」

龍さんが指を折って数えている。

「あ、そうそう～確か九年くらい前だから、七海ちゃんが産まれる直前だと思うよ～」

あまりに唐突な話の展開に頭が追い付かない。

「春子さんにどこで会ったの？」

「実家に一度帰ったんだ。父さんはいなくて春子さんが一人だったんだけど、お腹が大きくて、どうしたのって聞いたら、あなたの妹がここにいるって言ってたよ～」

「嘘……」

「嘘じゃないよぉ」

「なんでまた突然実家に帰ったの？」

面会時間が三十分を超えた。

「たまたま実家の近くに用があったから何となく気になって行ってみたんだ～」

龍さんは、アルバイトなど職を転々としながら、一時期のオレと同じようにネットカフェで生活していたらしい。それにしても、借金の取り立てが原因で実家から逃げたはずなのに、ふらりと家に寄る龍さんの心情はよくわからない。

「春子さんは龍の顔って知ってたの？」

「いや〜知らないけどぉ、藤川龍ですって名乗ったら理解してくれたみたいで」

「その時、お父さんはいなかったんだよね？」

「うん、春子さんが一人で机に向かって何か書いてたよ〜」

「でも……」

ありすが困惑している。

「でも七海ちゃんがもし万が一、私達の妹だったとしても、どうして春子さんが育てていないの。それに確か親は虐待で逮捕されている」

「それは本当の親じゃないらしいよ」

オレはオヤジから聞いた情報をありすに伝えた。橋の下に段ボールに入れて捨てられていたなんて、まるで作り話のようでありすは益々混乱しているようだ。

「ってことは、よくわからないけど春子さんが七海ちゃんを産んだあと、自分の娘を捨てたの……!?　信じられない。それにさ、龍は公園で会った七海ちゃんがどうして自分の妹だと分かったの？」

「う〜ん、勘かな」

信じられない答えだ。根拠がなさすぎる。

「さすがに勘だけだとその子が妹だってわからないでしょ」

「春子さんが言ってたんだ〜。お腹の中にいる赤ちゃんの名前、女の子なら七つの海って書いて、七海にしようって」

確かにオヤジの話では、段ボール箱に七海とマジックで書かれていたとのことだ。

「それはわかったけど、七海って名前はそこまで珍しくないし、本当に名前だけで判断したの？」

「う〜ん、あと七海ちゃんの骨格が父さんにそっくりだったから」

「本当にそれだけで？」

ありすは話を聞けば聞くほど混乱しているようである。

「それだけだよ〜」

ありすが一旦大きく息を吸って吐いた。今の話を聞いている限り、殺された春子さんが妊娠していたということは間違いないと思うが、それで九年後に偶然再会した少女が自分の妹だと思うにはあまりにも情報が少ないような気がする。ありすも同じことを思っているようだ。だが、七海ちゃんが本当にありすや龍さんの妹なんだとしたら、すべては何たる偶然なのだろうか。

「ねぇ、龍……」

「何？」

「もしかして……あんたがハガキを書いたの？」

姉の質問に、龍さんは目をぱちくりさせる。

「ハガキ〜？」

「そう、七海ちゃんが誘拐されていることを匂わすようなハガキ。今隣にいる彼がそれを拾ったのよ」

　龍さんは「う～ん」と天井の方を見る。

「そうなんだ～、でもハガキは書いていないよ。もしかしてそのハガキが原因でオレのいた場所がわかっちゃったのかなぁ」

　龍さんは嘘をついているようには思えない。

「その通りよ」

「あらら～、ということはオレが七海ちゃんと一緒に暮らしていることをそのハガキを書いた人はどうして知っていたのかな？　あり姉書いてないよね？」

「書いてないわよ。龍じゃないとしたら本当に一体誰なのかな？　ねぇ龍、あんたが七海ちゃんと一緒に生活していることを他の誰かに少しでも話したりした？」

　ありすさんの質問に龍さんが首を横にふる。

「そんなことしないよ～。だって～、七海ちゃんが見つかってしまったら養護施設にまた戻されてしまうし、彼女も誰にもバレないようにしてって言ってたじゃん」

「龍は、七海ちゃんが自分の妹だと思ったから保護したの？　ねぇそれ重要な話だと思うの。だってあなた今、未成年者誘拐と監禁の罪でここに入っているワケでしょ？　でも自分の妹だったら保護したところで何の罪にもならないもの」

　ありすさんの言葉に龍さんは相変わらず動じることがなく「そうだよね～。だから無罪かもしれないんだ」と言った後、急に「ああっ！」と叫んだ。

「そうだ、それを警察に言えばいいんだぁ！」

面会室にいた見張りの警察官も動揺している様子だ。

「どうしたら証明できるのかな？」

「DNA鑑定だな」

突然、見張りの警察官が声を発した。

「それって異母兄妹でも一致するんですか？」

ありすが警察官に尋ねた。

「父親である可能性の高い藤川伸之と母親の藤川春子の髪の毛をDNAサンプルとして残している。藤川くんの母親のサンプルはないが、父親の分があるので、兄妹であることを証明することは可能だ」

なるほどな。オレはDNAの鑑定なんて全く知らないが、そういえば龍さんの母親はありすとは違うワケだし、もしかしたら三人目の奥さんとの間にも子どもがいたりする可能性だってある。

「鑑定を行う。結果によって、君は無罪になるかもしれない」

龍さんの住居不法侵入罪と窃盗の罪は、既に罰金をありすが支払った。

本来なら容疑者が留置されてから弁護士をたてて裁判を行うものだが、龍さんは弁護士なんていらないと拒否してアッサリ刑期が確定した。

先ほどありすが言ったように、七海ちゃんと龍さんが血縁関係にあれば、七海ちゃんを誘拐、監禁したことにはならない。全くややこしい事件である。自分の父親はこんなややこしい事件を担当しているのか。

大人になって、働くということがどれほど大変なことか痛感して、少しはオヤジの立場もわかった気がする。だからといって、やはり家庭をかえりみず、子どもと母さんを放置し続けたオヤジのことを認める気にはならないが、オヤジのやっている仕事はとても大切な仕事であることはわかる。

こうやって、面会の途中で警察が口を挟むという異例の事態で、藤川龍と高橋七海の血縁関係が調べられることになった。

二十

「……やしさん、林さん！」

新藤の声が聞こえる。喉が乾燥していて思わず咳込んだ。

「大丈夫ですか？」

「ああすまん……随分と眠ってしまっていた」

「珍しいですね。さっき署の方から連絡があって、今日、あなたの息子さんと藤川ありすさんが藤川龍と面会を行ったそうです」

「ほお……」

「それがね。藤川龍は高橋七海が自分の妹ではないかと言っているそうです」

「なんだって!?」

「ということは七海さんの父親は藤川伸之ってことですよね？」

「そういうことより、なぜそのことを藤川龍が知っているんだ」

「本当に謎が多い一家ですね」

新藤の話で一気に眠気が覚めた。車から出て、近くの自動販売機でコーヒーを買って一気に口に流し込むと熱くて舌を火傷してしまった。

「あ、電話です。藤川まりんです」

新藤が電話に出てくれた。どうやら急患のオペは無事に終了したらしい。

「行くか」

時刻は午後三時五十分、まだ夕方というには早い時間だが、曇っているせいもあり、辺りはうす暗い。

再びクリニックに戻り、藤川まりんと私、新藤の三人で話をする。院長は入院中の動物たちのケアをしているらしい。

先程カマをかけたところで聞き取り終了になってしまったので、仮に藤川まりんが弟の龍の行動を知っていたところで、何なりと言い訳を考える時間を与えてしまったことになる。再びカマをかけてもボロは出さないだろう。

「ええと、ではすみません、質問を再開させて頂きますが、江藤和子と高橋七海に接点があったことをあなたはご存知だったんですか？」

狭い部屋ではエアコンが効きすぎて少し暑い。スーツを脱いで椅子の背にかける。

「知らないです。江藤さんが小学生の女の子を可愛がっているという話は聞いていましたが名前までは聞いていないんです」

本当か嘘か、どっちだ？　表情からは何も読めない。

「では、江藤さんとなぜ仲良くなったんですか？　あなたは十代で江藤さんとは親子くらい歳が離れているのに、何故友達になったんですか？」

「先程も申しましたが、最初はただ退院した花ちゃんの容態を聞くためにメールをしていました。花ちゃんの様子はどうですか？　ご飯は食べていますか？　などの質問をしていました」

「とは言っても、ここには毎日たくさんの患者がやって来るはずだ。その一人……じゃなくて一匹一匹そんな風に気にかけているんですか？」

「いえ、決してそういうわけではないですが。ここへ来る患者の大半は予防接種と去勢手術なので。あと小動物も対応していますし、犬猫以外の動物を診ている病院は少ないので、インコやモルモット、ウサギなんかもよく連れてこられます」

質問の答えになっていない。何かを隠そうとしているのだろうか。

「それで、癌を患っていた花ちゃんはどれくらい生きられたのですか？」

「ここを退院してから約二年間は生きていました。でも最後の方はもう殆ど歩くこともできず、最低限の餌だけ食べているような状態だったみたいですが」

「それは江藤さんからのメールで知ったんですよね？」

「はい」

花という犬が亡くなったのが六年前ということになる。その頃にはまだ江藤和子は高橋七海には出会っていないはずだ。

「江藤さんからその小学生の女の子の話を聞いたのはいつ頃ですか？」

「えっと……一年くらい前だったと思います」

「詳しい話は聞いていないですか？」

「それは江藤さんと七海ちゃんの関係についてですか？」

「そうです」

「なんか、小学生の女の子で養護施設で過ごしているけど、すごく居心地が悪いって言ってたという話は聞きましたね」

「ほう……それ以外に何か聞いたことはありませんか？」

「大した会話はなかったけど、私が公園にいる時間帯にいつも来てくれるんだって喜んでました。花を亡くしてからすっかり元気がなかったけど、生きる希望ができたって」

生きる希望。と言ってしまうくらい江藤和子にとって高橋七海は大切な存在だったのか。だとしたら……。

でもここで頭の中に一つの疑問が生じる。江藤和子は孤独死で死んでしまったのだが、急に連絡が来なくなって不審に思わなかったのか。そして江藤家の家宅捜索で携帯電話らしきものが見つかっていないのだ。

その旨を藤川まりんに伝えると彼女がこう返す。

「あ、江藤さんの携帯電話は私が持っています」

「えっ!?」

「江藤さんから、会いたいと言われ、宇治の病院まで赴きました。その時に携帯電話を私に預かって欲しいって」

私は新藤と顔を見合わせた。

「それはまたどうして？」

「江藤さんはスマホじゃなくて古い携帯電話をずっと使っていたみたいで、花ちゃんの写真がたくさん残っているからこれは宝物なんだって」

宝物なら自分で持っておきたいのではないか。と感じたがそれをメールのやり取りをしていただけの友人に託すなんて……。江藤和子にとっては藤川まりんもかけがえのない大切な友人だったのだろうか。

「江藤さんはその病院で最期を迎えたらよかったのに、家で孤独死の状態で発見されているんです。あなたが会いに行ってから亡くなるまでの間にどうして家に帰ったのでしょうか」

江藤和子は治療を受けていた病院からある日姿を消している。それが亡くなる三日前だったということは病院から既に聞いており、タクシーを呼んで勝手に家に帰ってしまった旨もタクシー会社への調査でわかっている。

今まで単調に話していた彼女の眉が少し下がる。

「それは……私は江藤さんが自宅へ帰ったのを知っていました。江藤さんが、最期の時間を花と一緒に過ごした自宅で過ごしたいと言っていて……。私は明日消えるから、病院に私を保護していると嘘をついてほしいと頼まれました」

なんと……藤川まりんにそんなことを頼んでいたのか。

「よくそんな体力が残っていたなぁ……」

隣に座る新藤がぽつりと呟いた。

「確かに病院を抜け出すって結構大変ですよね」

「すみません、実はそれも私が手助けしました。看護師さんや医者に会わないようにタイミングを見て、彼女を病院の玄関まで連れていきました。夜の十一時ごろです」

ということは、会ったのは一回ではない。

「それでタクシーを呼んで彼女を乗せたと?」

「はい」

「では、あなたは江藤さんが家で亡くなるのが分かっていた。しかし、彼女は孤独死で亡くなってから一ヶ月ほど経過して発見されている。あなたは江藤和子がもうすぐ死ぬことがわかっていたのなら、家を訪問するとか警察に連絡するとか何かやるべきことがあったんじゃないですか」

「……ごめんなさい」

「今更謝られても」

「彼女の携帯電話を預かったので音信不通になってしまいました」

「なら、三日前の脱走劇はどうやって連絡を取り合ったんですか？　あと、江藤さんと会ったのは一度ではないですね？」

まりんさんは少しうろたえている。

「すみません。そうですね……。帰宅の補助をしたことは黙っておこうと思っていましたが、やはり刑事さんには嘘はつけないですね。病院から家に帰りたいという話を聞いたのは一回目に会った時です。約束をした訳ではなくて、私が勝手に病院へ行きました。家に帰した後は正直ちょっと忙しかったんです。ちょうど去年の梅雨の時期に急病の患者が運ばれてきたり、入院中のペットが急変したりして……」

その辺りの話が本当かどうかは院長に聞けばわかるか。

「江藤さんのことが気になっていたのですが……休日も疲れ果ててなかなか宇治まで赴くことができませんでした」

話の筋は通っているが……私は再び新藤と目を合わせた。

「大変申し訳ありませんがその思い出が詰まった江藤和子の携帯電話は警察で預かります」

「はい……」

「今はお持ちですか？」

「いいえ、家にあります」

「わかりました。勤務終了後に取りに行きます」

病院の診察は午後八時までと随分遅くまで開いている。それに深夜でも急患を受け入れているとなると、一体いつ寝ているのか。忙しくて宇治まで行けなかったというのも納得できる。

「あ、私自宅がここなのですぐにとってこれます」

ああ、そうか敬子さんのご厚意で住ませてもらっていますとのことだった。

「ここは一階が病院で、二階三階は住居スペースになっています。私はその一室を借りて住まわせてもらっているんです。敬子さんはとてもいい人で、あの日……江藤さんとここを訪れた時に、江藤さんはタクシーで自宅へ帰られたんですが、私は帰る場所もなくて、実は家がないんです。十四歳なんです。と正直に話したら、何も言わず黙ってご飯を出して下さって、何泊でもしていいよって部屋を用意して頂いて……感激で泣きそうでした。院長夫妻に恩を返したくて翌日から働きたいですって申し出ました」

そういうことだったのか。

「え、じゃあ十四歳から働いているの？」

「はい」

「中学校は？」

「一応こちらに住民票を移したので、三学期の途中からですが編入しました。ちゃんと卒業もしています」

「学校に行きながら働いていたの？」

新藤が何とも言えない顔をしている。

「はい。本当は中学なんて行きたくないって言ったんですが、院長も敬子さんもそれはダメだって」

「そりゃ義務教育だからね」

「授業が終わったらすぐに帰宅して夕方の受付や、夜間の手伝いをしていました」

「その時に例の携帯電話を支給されたの？」

新藤が次々と質問する。

「携帯電話は半年くらい経ってからです。最初は院のパソコンで飼い主の方とメール交換をしておりました。なんせ電話が毎日毎日かかってくるもので」

「それはさっき言っていたように、ペットの健康についての電話相談？」

「ええ。餌はどうしたらいいのか。食欲がないけど何を与えたらいいのか。薬を吐き出すからどうしたらいいのか。などどんどん質問されてもまだ私はその時、働き始めたばかりだったので、返答できずに院長や奥さんにその都度尋ねることになってしまっていたので、メールのやり取りをした方がいいのではと提案しました」

藤川家の次女はどうやらしっかりした女性のようだ。

「なるほどね」

「新藤、とりあえず携帯電話を取ってきてもらおう」

私が横槍を入れると、「ああ、すみません」と新藤が詫びる。

僅か十四歳で家族バラバラになり必死で生きてきたことを考えるとまだ二十代前半だが、苦労しているなと感じる。

「話してくれてありがとう」

「あ、では院長に声をかけて例の携帯電話を取りに行きますね」

「よろしく頼みます」

彼女が去った個室で新藤と二人きりになる。

「いい子ですね」

「ああ……嘘をついているようには思えない」

「ハガキについては結局聞いていないですがどう思います?」

「響介が拾ったハガキか……。オペ前に彼女にハガキを見せた時に何も怪しい様子がなかったようには思う」

「そうですよね。純粋にこれは一体何って顔してましたね」

世の中には嘘をつくのが苦手なタイプの人、そして嘘をつくのが上手な人の二パターンが存在する。大概は前者で、僅かに目尻を動かす、視線を逸らすなど小さな変化を見せるものだが……。

「携帯電話に何か残っていればいいのですが」

「花ちゃんの写真より、高橋七海についての何かだな」

「ええ……」

数分後、藤川まりんが小さな携帯電話を持ってやってきた。久しぶりに見るガラケーだ。

「充電のプラグも持っています」

「よく残しておいてくれました」

今は充電が切れているようだが、署に戻って調べることができそうだ。

「ありがとう、長時間失礼したね」

「いえ」

私たちは年始のアニマルクリニックを後にして署に戻った。

二十一

ＤＮＡ鑑定はすぐに結果は出ない。一週間ほど待つ間に次の日曜日がやって来たのでオレは約束通り七海ちゃんに会いに行った。一月の五日。正月休みから土日と続いて、世の中の会社員は八連休なんて人もいるらしいが、ありすは忙しそうに今日も病院へと向かった。オレも正月であろうが休みはない。

Y市に辿り着くと粉雪が舞っていた。のどかな田園風景は風を遮るものがなく、北風が直接吹き込んでくる。マフラーはしてきたが、油断して手袋をしてこなかったので、手がひどくかじかんだ。

児童養護施設では、こんな寒い日なのにグラウンドで何人かの子どもが遊んでいた。頬や鼻を真っ赤にしながら鬼ごっこをする子どもたちは元気だ。七海ちゃんの姿はないので屋内でまた一人遊んでいるのだろうか。

施設内に入ると、七海ちゃんは図書コーナーで本を読んでいた。

「七海ちゃん」

声をかけると、すぐに顔をあげた彼女は僅か一週間でまた少し成長したような気がする。

「きょうすけさん、こんにちは」

「こんにちは。難しい本を読んでいるね」

「うん、あんまりよくわからないけど」

そう言って七海ちゃんは苦笑いをする。三日前、警察がこちらにＤＮＡ鑑定のためにやってきたはずだ。七海ちゃんは一体それをどのように受け止めているのであろうか。

「あけましておめでとう」

「おめでとうございます」

「先週よりなんだか背が伸びた気がするよ」

「そうなの？」

それに何だか顔もふっくらしてきた気がする。今までが痩せすぎていたんだ。彼女がこの場所できちんと栄養のあるものを食べていることがわかる。

「今日はプレゼントを持ってきたんだ」

「え？　何、お年玉？」

ああそうか、お年玉をあげるという手もあったのかと思ったが、現金支給はいかがなものか。

「これ」

ピンク色の百円均一のラッピング袋に入れたそれを七海ちゃんはそっと取り出す。

「手袋？」

「うん」

「もしかして、きょうすけさんが編んだの？」

毛糸のミトン型の手袋をさっそくはめてみる彼女。

「まさか、オレは編み物なんてできないよ。オレの彼女が編んだの」

ありすは器用で裁縫や編み物も得意だ。七海ちゃんにこれをプレゼントして、と突然渡されて驚いた。いつの間にこんなものを作っていたのだろうか。

「もしかしたら私の妹かもしれないのかぁ……」

ありすと龍さんは似ている。しかし、ありすと七海ちゃんは全く違った顔つきをしている。それでも父親が一緒なら立派な姉妹であろう。これで七海ちゃんのＤＮＡが合わないとなると、四人目の奥さんの春子さんは伸之以外の男との間にできた子を宿していた可能性も浮上する。

「きょうすけさんの彼女ってきれいなの？」

そう質問されてハッと我に返る。

「綺麗って言っておかないと地獄耳だからな」

オレがそう答えると七海ちゃんがフフッと笑った。彼女の笑った顔を見るのは初めてである。

「地獄耳って意味わかるの？」

「わかるよ。どこにいても聞こえているってことでしょ」

「七海ちゃんは賢いなぁ」

「本をたくさん読んでいるから」

そう言って、七海ちゃんが図書コーナーの本に目をやる。本棚には小さい子向けの絵本や図鑑、あとは小学生向けの物語や伝記などが置かれている。

「もうここにある本は全部読んじゃった。この本だけまだ読んでなかったんだけど、さすがにむずかしいな」

よく見ると、七海ちゃんが持っていた本に『輪廻転生』というタイトルが書かれている。

「り、りんねてんせい？」

「てんしょうだよ」

小学三年の女の子に読み間違いを指摘されて、穴があったら入りたい気分になった。なんとなく文字は見たことあるけれどよくわからない。

「園長先生のおすすめの本なんだって」

「そ、そう……」

ええと、輪廻転生とは仏教用語だっけ？　ああ、宗教なんてまるでわからない。

「よくそんな本読んでるね」

「きょうすけさんは本を読まないの？」

小学生のころに漫画を少々……としか答えられない自分を恥じる。彼女はそれを察したのか本を閉じて、そっと本棚にしまった。

「ねえきょうすけさん」

七海ちゃんが珍しく甘えたような声で呼ぶ。

「何？」

「連れていってほしいところがあるの」

ええと……まさかと思うが
「また誘拐してほしいとか言わないよね？」

「言わないよ」

七海ちゃんが八重歯を見せて笑った。

「うん、ほら私、七海って名前に海っていう漢字が入っているのに、海を今まで見たことがないから」

「海？」

「海にいきたいの」


なるほど、幼いころから虐待続きの生活で、行楽なんて連れていってもらったことがないのであろう。

「いいけど今行ったらかなり寒いと思うよ。それに保護者がオレでいいのかな？」

園はオレが保護者としてついて行くことに許可をくれるだろうか？


「きょうすけさんの彼女にも会いたいな」

「会いたいっていうか会っているじゃん。ほら、龍さんが逮捕された日にありすの家に行ったんだろ」

「ああ……！」


七海ちゃんはオレの彼女と龍さんの姉が一致していなかったらしい。


「そうか、りゅう兄のお姉さんなんだよね！」

「うん、あの時会ったお姉さん」

「寒くてもいいよ。ただ見てみたいだけだから」

「わかった。じゃあ三人で出かけてもいいかここの園長に相談してみるよ」

「よろしくおねがいします」

冬だから海より温泉にでも連れていってあげたいところだが、彼女が望むのなら連れていきたい。ちょうど、プレイルームに園長が入ってきたので、海へ行きたいという旨を伝えると、門限を守ってくれたら大丈夫だという返事だった。

「この間、誘拐されたところなのにいいんですか？」

「あれ、あなた誘拐する気なんですか？」

そう園長に返されて思わずギョっとしてしまう。

「あり得ないです」

「そうですね。ただ、条件としてあなたの身分証を提示してください。運転免許証かマイナンバーカードのコピーを頂きます。あとは連絡先も教えて下さい」

運転免許証は持っていないので、マイナンバーカードをコピーしてもらい、住所、氏名、電話番号を紙に記載した。園長がニコリと笑って七海ちゃんの頭をなでる。

「よかったね七海ちゃん、楽しんできてね」

すると頭をなでられたことが少し恥ずかしいのか頬を赤らめた七海ちゃんは「はい！」と元気よく答えた。

「門限は守ってくださいね。午後五時半までには必ずこちらに送り届けてください」

「わかりました」

冬の海は荒波が立っており、風がとても冷たい。日本海に行こうか大阪湾に行こうか色々迷ったあげくシーズンオフの白浜に連れていくことにした。

「風がつよいねー」

この季節の海に来ることなど滅多にないのでこれはこれで新鮮なのかもしれないが、はっきり言って寒い。

「海って大きいー」

七海ちゃんが髪をなびかせながら海を眺めている。

「一応、お弁当持ってきたんだけど、寒くて食べてる場合じゃないかな」

ありすはそう言って、大きなショルダーバッグを肩からおろした。

「せっかくだから食べようか」

しかし、レジャーシートを敷こうとしても風でなびいて簡単に敷くこともできない。

「もう少し近くまで行ってもいい？」

「濡れると寒いから気を付けて」

歩きにくい砂浜をスニーカーで一歩一歩前に進む七海ちゃん。七つの海、春子さんはどうしてこの名前を彼女に授けたのだろうか。

「貝がら落ちてる」

七海ちゃんが穴のあいた貝殻を拾う。

オレとありすは何とか強風の中レジャーシートを敷いて四方に水筒や重いものを乗せて、ランチタイムにしようとセッティングしていた。

「じゃーん、タコさんウインナーいっぱい作ったよ」

ありすがそう言って弁当箱を開ける。昔懐かしい赤色のタコさんウインナーがたくさん入っていた。それと卵焼き、ほうれん草とコーンのバター炒め、コロッケみたいなのも入っている。

「美味そう」

「ねえ七海ちゃ……」

海の方を向いたありすの顔が一瞬凍り付いた。オレも弁当箱から海へと視線をやると、なんと七海ちゃんが海の中に入っている。

「七海ちゃん!!」

慌ててありすが走り出すと、手に持っていた弁当箱がひっくり返って中身が散らばった。オレも慌てて海へと駆け出す。

七海ちゃんはどんどん沖の方へと進んでいく。

「何考えてるの!?　戻りなさい!!」

ありすが大声でそう呼びかけると七海ちゃんが後ろを向いたまま泣いているような声が聞こえた。

「いいの……もういいの。生きてたって楽しいことなんてないんだから」

「七海!!」

思わず声を張り上げる。スニーカーを脱いで海へ入っていくと凍り付くような水温で足がおかしくなりそうだった。

「この間読んだ本に書いてあったの。りんねてんしょうってね、人は生まれ変われるの。だったら私も生まれ変わりたい。今度はやさしいお父さんとお母さんがいる家の子に生まれたい！」

そう言いながら彼女はどんどん前へと進み、胸のあたりまで水につかっている。

「七海ちゃん、頼む、戻ってきてくれ！　これから楽しい思い出をたくさん作ればいい！」

ありすも海の中を進んでいく。

「そうよ、夏になったらここで海水浴しましょう！　動物園も遊園地もどこだって連れていってあげる！」

しかし彼女は振り向かない。まずい、水深が一気に深くなるかもしれない。オレは上着を脱ぎ捨てて泳ぐ。荒波の中うまく前へ進めずにもがく。そうだったんだ。だから海へ来たかったのか!?　生まれた時から親に捨てられ、玩具《オモチャ》のように虐待されて、さらに保護された施設で再度精神的苦痛を与えられ、そりゃ死にたくもなるかもしれない。だけど、だけどまだたった九歳じゃないか！　これからきっと楽しい人生が待っている！　いや、オレが彼女に楽しい人生を与えたい！

「ななみちゃーん!!　オレの娘になってくれ！　オレが君に最高の人生をプレゼントしたい！　今はまだ半人前だけど、オレが親になる！　だから戻ってきてくれ!!」

今まで生きてきた中で一番大きな声でそう叫ぶと彼女が足を止めた。

ゆっくり振り返った七海ちゃんは涙と塩水でびしょ濡れになっている。

「ほんとに……？」

「ああ、オレなんかじゃ物足りないかもしれないけど……家族になろう！」

隣でありすも叫ぶ
「そうよ七海ちゃん、あなたは私の大事な妹なんだから、死なないでお願い！」

荒れ狂う波の中、やっと彼女の元に辿り着き、体を抱き上げた。その体は氷のように冷たかったけど、流れる涙のしずくはほのかに温かかった。


近くにあるホテルで事情を話すとすぐに体をあたためた方がいいと、バスタオルと毛布を貸してくれた。昼間だけど温泉が一か所沸いているとのことでお風呂に入ることにした。ありすに七海ちゃんを託してオレは男湯に入る。

ああ、なんてことだ。いつも冷静で落ち着いていた七海ちゃんの本当の気持ちを知って、心が張り裂けそうに痛かった。

「辛かったな。痛かったな。苦しかったな」

そう言って彼女をきつく抱きしめた。海の中で咄嗟に叫んだことは決して嘘ではない。あまりにも不憫な人生を送る少女を自分の娘として迎え入れて、幸せにしたいと素直にそう思っていた。

お風呂に入ると完全に冷え切った体がひどく傷んだ。でも彼女の心の傷はきっとこんなものじゃない。

お風呂から上がって、ホテルのロビーで三人ゆっくりお茶を飲む。

「びっくりしたよ……」

「ほんとに……」

七海ちゃんは何とも言えない表情のまま下を向いている。

「ごめんなさい……」

「謝らなくていいのよ」

ありすが優しく彼女の髪を撫でた。

「本当に、本当にお姉ちゃんなの？」

七海ちゃんがありすの顔を覗き込む。

「まだはっきりとはわからないけど、ＤＮＡ鑑定をしたらわかるわ」

「もし違ったら？」

彼女はまるで捨てられるんじゃないかと怯えている子犬のようにか細い声でそう尋ねた。

「血が繋がっていなくてもあなたは私の妹よ」

ありすが七海ちゃんの肩を抱いた。外はだんだん日が暮れて薄暗くなってきている。

「ねぇ、今日ここに泊まりましょうか？」

突然ありすがそう言った。

「え!?」

「どのみち今からでは門限の五時半には間に合わないし、事情を説明して一泊しましょう」

ありすの言う通り、今から帰宅しても京都に着くのは午後八時ごろになる。それに今は七海ちゃんの傍にいてあげるべきだと思い、賛成した。

Y市の児童養護施設に連絡すると職員がとても驚いていた。当然だ。僅か九歳の少女が自殺しようとしたのだ。

「必ず明日、健康な状態で彼女を送り届けます」

そう告げて、一泊する許可を得た。

「ねぇ、大きなベッドで三人一緒に寝ようか」

そう言って、ありすがホテルのフロントに、キングサイズのベッドがある部屋がないか尋ねたところ、まさかのスイートルームがそれに該当するとの返事だった。

「一泊十万……」

「いいや、たまには贅沢しちゃお！　私が出すわ」

そう言って、本当にスイートルームに泊まることになった。

三人とも、泊まる予定はしていなかったので着替えなどは持ってきていない。海に投げ捨てた上着も波でどこかへいってしまったので、町の方に出て服を買いにいくことにした。

海でびしょ濡れになった服をドライヤーで乾かして、タクシーに乗って町の方へと出ると既に辺りは真っ暗であった。

「おおむらが夜八時まで開いているみたい」

おおむらという大人用から子ども服まで売っているディスカウントストアで服を一式買い、近くのコンビニでペアギングの焼きそばを三つ購入した。

「部屋がスイートルームなのに、食事がカップ焼きそばって笑えるよな」

オレがそう言うと七海ちゃんがふふっと笑った。もう大丈夫だろうか。また寝ている間に部屋を出ていったりしないだろうか。不安で今日は眠れそうにない。

三十畳ほどあるスイートルームに帰り、カップ焼きそばを三人で頬張ると急に眠気に襲われた。

「川の字になって寝るって憧れだったんだよね」

ありすがそう言う。

「川の字で寝たことないの？」

「幼いころはまりんと龍と三人で並んで寝たことはあるけれど、そこにいつも父と母はいなかったから」

キングサイズベッドで七海ちゃんを挟むようにして寝転ぶ。

「まるでお父さんとお母さんみたいでしょ」

ありすがそう言うと七海ちゃんが少し恥ずかしそうに微笑む。

「若い父親と母親だな」

「私が十五の時に出産した子ってことで」

「オレなんか十一歳の父親だな」

布団に横になると急に疲れが出て、今日は眠れないと思っていたのに、すぐに眠りに落ちてしまった。

明け方、はっと目が覚めて隣を見るとすやすやと寝息をたてる七海ちゃんがいてホッとした。しまったうっかり爆睡してしまった。時計を確認すると朝の四時半だった。まだ完全に覚めていない脳で考える。昨晩、ベッドに身を横たえるとすぐに眠ってしまったが、夢なのか夢ではないのか、なんとなく二人の話し声が聞こえた気がしたんだ。そしてその内容は信じられないものであった。今は隣で眠っている七海ちゃんの顔も穏やかで、ありすは、そんな七海ちゃんの肩に手を置いた状態で眠っている。

夢にしてはあまりにリアルすぎるその話が本当なら、これからオレはどうするべきなのだろうか。起き上がって、冷蔵庫からミネラルウォーターを取り出して一気に喉に流し込む。窓の外はまだ真っ暗で、月が視線の端に覗き込む。

二人が目覚めたら聞いてみよう。そう意気込んで朝が来るのを待った。

二十二

藤川まりんから押収した携帯電話を解析していく。古い機種で受信メールや送信メールは九十九件までしか保存できないので、一番古い送信メールは昨年の三月五日であった。

「病院にて、医師にあと二、三ヶ月の命だと告げられました」

それに対して藤川まりんからの返信メール。

「なんとお答えしたらよいのかわかりません」

メールはすべて藤川まりんとのやり取りで、他の人間とは全くメール交換をしていなかったものだと思われる。

三月八日
「医師から入院を勧められています」

「入院された方がよいかと思います」

「でも、抗癌剤治療を受けたくありません」

「でも少しでも望みがあるのなら私は受けてほしいです」

「生きていたって楽しいことはありません」

「そんなこと言わないでください。あの公園で会った女の子にまた会いたくないんですか?」

「会いたいです。私が健康ならずっと会っていたいです」

「なら抗癌剤治療を受けた方が……」

「医師からは受けても助からない可能性が高いと言われています」

「そうですか……」


公園で会っている少女とは、高橋七海で間違いないであろう。

三月十一日
「やはり、抗癌剤治療を受けることにしました」

「そうですか。少しでも回復することを願います。お体の調子はどうですか?」

「体はとてもしんどいです」

「食欲はありますか?」

「あまりないです」

三月十三日
「明日から抗癌剤治療が始まります。不安です」
「不安ですよね?　どこの病院ですか?」

「宇治中央病院です」

「そうですか、もし時間があればお見舞いに行けたらいいのですが」

「ありがとう、でも髪の毛が抜けて痩せた姿をあまり見せたくないですね」

「ご家族がいらっしゃらないのですよね？　何かもしお役に立てることがあれば言ってください」

「いつもありがとう」

三月十八日
「予想はしていましたが、治療は辛いです」
「何と返信していいかわからないですが頑張って下さい」

三月二十五日
「明日で抗癌剤治療第一回目は終わりです」
「本当にお疲れ様です」
「噂通り髪がよく抜けます」

四月一日
「体調はどうですか？」

「あまりよくありません。一ヶ月前と比べて五キロ痩せました」

四月五日
「桜が散っていますね。病室から桜の木が見えます」

「そろそろ桜も終わりですね」

「あの子のことが気になります」

「公園でいつも会っている子ですか？」

「ええ、私がいないから寂しい思いをしているのではないかと思います」

「その公園は具体的にどこの公園ですか？」

「宇治の笠取にあるもみじ公園というところです」

「もし、余裕があれば私がその子に江藤さんのことをお伝えします」


　ここまでメールのやり取りを読み進めていると、もしかして藤川まりんが例のもみじ公園を訪れて、高橋七海と接触しているかもしれない。そうなると事件の犯人は……。メールをどんどん読み進めていく。

四月十六日
「すみませんなかなか連絡できなくて。うちの病院は相変わらず多忙です。今日はフェレット二匹、マイクロブタが一匹、オカメインコが一匹、ウサギが三匹、あとはいつも通り犬猫です。最近は本当にペットの種類も多くて、昨日はテグー、フクロモモンガも診察に来られました」

四月十七日
「返事が遅くなってごめんなさい。昨日は調子が悪くて一日眠っていました」
「無理しないでください。返信はあってもなくても構いません。自分の体を優先してください」
「まりんさんも体に気をつけて」
「ありがとうございます」

こうやって読み進めていると、二人とも温厚で文章にはお互いをおもいやる気持ちが溢れている。なんだか江藤さんが日々弱っていく様子を想像していると悲しくもなる。しかしこの後のメールがポイントだった。

四月二十日
「今日はお休みを頂いたので、例の宇治のもみじ公園を訪れてみましたが、誰もいなかったです」

「そうですか、わざわざ行って下さったのですね、ありがとうございます」

なんと、本当に藤川まりんは高橋七海に接触しようと試みているではないか。

「たしか、その女の子って児童養護施設に住んでいるって仰ってましたよね？」

「はい、もみじ公園から二十分ほど歩いたところにある養護施設です」

「お手紙など送られてはいかがですか？」

「手紙……そういえば思いつきませんでした。しかし、私は親族でも何でもないので、不審な手紙だと思われるかもしれません」

「その子に名前を確認してもらうんじゃないですかね？」

「なるほど」

しかし、メールのやり取りはそこで止まっている。江藤和子は高橋七海宛に手紙を送ったのだろうか。もし送ったとしたら、七海ちゃんが過ごしていた部屋にまだ残されているか、それか今も彼女が所持している可能性が高い。

五月一日

「晴れが続いていますね」

「そうですね、丁度いい気候なので、過ごしやすいです。今日から五月ですね」

「今、彼女に向けて手紙を書いています」

「そうですか、御無理なさらないでください」

五月七日
「二回目の抗癌剤治療が始まりますが、もう癌が全身転移しているので助かる見込みは殆どないとのことで、二回目はやめることにしました。ホスピスへの移動を勧められていますが、自宅に帰りたいです。最期の時は、花と一緒に過ごした自宅で迎えたい」

「何かお手伝いしましょうか？」

「ありがとうございます。自宅に帰りたい旨を看護師に伝えると家族がいないのにどうするのかとのことで。確かにその通りなのですが」

「もう少し家が近ければいいのですが」

「あの、お願いしたいことがあります。花のお墓まいりに行きたいです。付き添ってくれませんか？」

「わかりました。では日程はどうしましょう？」


この日のメールはこれで終わっている。藤川まりんと江藤和子がもし一緒に墓参りに行っていたら、その時も会っていることになる。

五月九日
「すみません、体調が悪くて返事できなかったです」

「気にしないでください。お墓参りの件ですが、正直行く元気はありますか？　私が一人で行きましょうか？」

「できる限り自分で行きたいです」

「わかりました。五月は十八日と二十五日なら空いてます」

「では、外出が可能か医師や看護師に相談してみます」


結局、高橋七海へ手紙を送ったのかどうかの旨が書かれていないので、悶々とした。

さらに続きを読む。

五月十日
「医師から、短時間の外出なら構わないと許可を頂きました」

「そうですか。では十八日にしますか？」

「そうですね」

「墓地は、確か大阪のＨ市でしたよね？」

「はいそうです、Ｈ市動物霊園です」

「私は車の免許を持っていないのでタクシーで行きますか？」

　ここでまたメールは途切れている。

五月十一日
「すみません、また調子が悪くて」
「とにかく無理なさらないでください」
「十八日ですが、午前十時に宇治中央病院へ来てもらえますか？」
「わかりました」

　次のメールは五月十七日となっている。ちょうど五月十五日から十六日の間に藤川夫妻が殺害されている。二人のやり取りからは何もわからないが、例え二人が共謀して殺人を企てたとして、そんなメールが残っていたらまずいので、削除しているに違いないが、ここまでの流れでは二人とも本当にいい友人同士で、やりとりは良好だ。

五月十七日
「明日は残念ながら大雨の予報ですがどうしますか？」

私は、自分のデスクのパソコンで「五月十八日、大雨」と打ち込み検索する。すると令和五年五月十八日、京都府南部や大阪府北部に大雨、洪水警報が発令されていた。必死で記憶をたどると、そういえばまだ梅雨でもないのにスコールのような雨が降った記憶がある。ああ、そうか。確か藤川夫妻が殺害されて現場検証を行っている最中にすごい雨が降った。

五月十八日の朝に江藤から「この雨ではちょっと無理ですね」というメールが送られている。

「そうですね。日を改めましょう。五月二十五日はいけますか」
「非常に残念です。また医師に相談してみます」

何ともタイミングの悪い雨である。しかし、この後どんどんメールのやり取りの頻度は落ちていく。

五月二十四日
「江藤さん、明日は外出の許可がとれましたか？」

五月二十五日
「心配なので、今から病院へ向かいます」

江藤からの返信がないことに心配になった藤川が病院へ向かうとのメールを入れている。

しかしこの後、

「本当にごめんなさい。急患で行けなくなりました」との連絡。

五月二十七日
「何日も返事を返せなくてすみません」

「大丈夫です」

「残念ながらもうお墓参りに行くだけの力はなさそうです。それで最後のお願いをしていいですか？」

「何でも言ってください」

「今までお世話になったあなたに会いたいです」

「わかりました。次の休みの日に行きます」

六月二日

「明日休みがとれそうなので会いに行きます」

「うれしい」

　六月三日に江藤と藤川まりんは会ったのか。その証拠にメールはこれが最新のものとなっている。

　宇治中央病院に入院していた旨は調査で既に判明しているし、江藤和子が病院から忽然と姿を消したのが六月の十三日の深夜である。江藤がいないことに気づいた看護師が慌てて近辺を捜索したが、彼女の姿は見つからなかったとのことだ。自宅に電話もかけたそうだが、留守番電話だったと話す。

　江藤和子が死後一ヶ月も経過して発見された時、病院に自宅で亡くなっていると推測できなかったのかと問い詰めると、病院職員は「その可能性は高いと思っていましたが、我々も多忙なため、直接患者の家まで確かめに行くことはできない」と返答された。

「ならばせめて警察に連絡をしてほしかった」と伝えると「申し訳ありません」と謝られた。

　藤川まりんもあれだけ気を遣っていた江藤和子がどうなったのか気にならなかったのだろうか。せめて死後もう少し早く誰かの通報により彼女の死に気づくことができていたら……。

　いや、いくらそんなことを考えたところでそれが現実なのだ。現代社会は高齢者の単身者が非常に多く、孤独死で死後幾分か経過してから発見されるのは度々あるケースである。私だって一人身だ。ある日突然心臓発作などで自宅で倒れたとしても救急車を呼んでくれる人などいない。

以上のメールから殺人をほのめかすようなメッセージは確認できていない。もしかしたらそんなやり取りもあったのかもしれないが、江藤本人、もしくは携帯電話を受け取った藤川まりんが消去した……？　いや、メールを消去したなら保存件数が九十九から減っているはずだ。九十九件の受信メールのうち、藤川まりんからのメール以外はすべてダイレクトメールや迷惑メールだ。

ところで江藤が高橋七海宛に書いた手紙は送られたのか？　高橋七海の元住んでいたK市の児童養護施設は様々な虐待が発覚して、現在は閉鎖されている。

直接の体罰や暴行はないが、言葉の暴力、無理なお手伝いの強要、人格否定などで、園長が起訴されている。そこに住んでいた児童たちはそれぞれ別の養護施設に入所することになったが十九名いた児童の受け入れ先はそうそう簡単には見つからず、両親が亡くなっている場合などはともかく、親がいる場合は、家に帰すかどうかの議論もされている。

子育て相談センターの職員とトラブルになったり、子どもも、精神的なダメージで入院したり、混乱しているが、この一ヶ月ほどの間に殆どの子の受け入れ先が決まり落ち着いてきているようだ。

しかし、いいこともあった。この事件がきっかけで里親になりたいとの申し入れが数件あり、三名の児童が里親に引き取られることになった。

まずは、江藤が入院していた宇治中央病院へと向かう。今日の相棒は本年度からこちらに異動になった植野である。病院で、江藤が五月一日以降外出をしたことがあるか。もしくは手紙を看護師や病院職員に預けてポストに投函したかという旨の確認をとる。同時に藤川まりんに手紙の旨について尋ねるため、新藤がカームアニマルクリニックへ向かっている。

そして高橋七海本人にも接触する必要がある。しかし並木がこんな電話をかけてきた。

「Y市の児童養護施設に確認をとったところ、高橋七海は昨日から出かけているそうです」

「昨日からとは、一体どこへ」

その答えを聞いた私は驚愕した。私の息子と藤川ありすと一緒に白浜へ行ったとのことで、しかも昨日高橋七海本人が、未遂に終わったが、自殺を図ったらしい。心配になった園長が直接、白浜へ向かっているとの内容であった。

自殺未遂!?　いやそれより響介は高橋七海と一緒に旅に出るほど仲がいいのか？　児童養護施設に会いに行っただけではないのか？

この時嫌な予感が頭をよぎった。

―今回の事件には息子も関与している―

まさか……。学生時代に何度も警察にはお世話になったが、あいつが殺人や誘拐なんて考えられない。いや、私はどれほど息子を理解しているだろうか。一緒に暮らしてきたとはいえ、あいつと面と向かって会話したり向き合ったのは指折り数えるほどではないのか。

　頭がひどく混乱してきた。

「あれ、林さん顔色悪いですよ。大丈夫ですか？」

　隣の席の植野に心配される。

「大丈夫だ。気にしないでくれ」

「運転を代わりましょうか？」

「いいや、大丈夫だ」

　この日は私が運転をしていた。相変わらず京都市内は初詣客や観光客で混んでいる。八坂神社や平安神宮を避け、できるだけ西側を進むがそれでも大型観光バスやタクシーが多い。二条城、東寺、北野天満宮、京都はどの方角に向かったところで観光スポットばかりなので仕方ない。

　今は余計なことを考えずに、藤川まりんに事情を聞くことだけに集中しよう。

　時刻は午後一時。午前診療と午後診療の合間の時間帯のはずだが、クリニック前の駐車場には相変わらず車が三台停車している。予め電話で訪問を伝えたが、この調子だとまた忙しいのだろう。一応彼女は受付係だが、看護師の代わりに簡単な処置や動物をおさえるなど、助手的な役割を果たしているらしい。案の定、中に入ると手術中というプレートが診察室にかけられている。

仕方がないので待合室のソファーに腰かけると、隣のおばさんが貧乏ゆすりをしながら大きなケージを抱いていた。中をそっと覗くと猫が入っていたが、今まで見たことがないくらい大きい。いや、正確には太っているのであろう。一体どんなご馳走を食べさせたらこんなサイズになるのだろうか。さらに奥にはあまり元気がなさそうなチワワを抱いた家族が座っていた。

高橋七海が自殺未遂……いや、余計なことは考えるな。少なくとも未遂ということは彼女は死んでいない。恐らくこの事件の鍵を握っているのはここにいる藤川まりんと若干九歳の彼女だ。暖房の効いた待合室でじっと待っていると、つい隣のおばさんのように貧乏ゆすりをしたくなる。とにかく待つしかない。

奥に座っていたチワワの治療が終わるころには外は真っ暗になっていた。午後六時半、やっと患者がいなくなった診察室から院長と藤川まりんが出てきた。

「すみません、大変お待たせしました」

「お疲れさまです」

「では、私は一旦自宅に戻ります。妻は診察室の方にいますので」

院長はそう言って、病院の外に出て行った。自宅の入口と病院の入口は別のところにある。

「今から大丈夫ですか？」

「はい」

私たちは例のごとくあの狭い部屋へと案内された。小さめのテーブルとパイプ椅子が四つ。ここは手術の説明をしたり同意書を書いてもらうスペースらしい。

「どうぞ」

彼女が二つのコップに緑茶を入れてくれた。

「ありがとうございます」

「すみません、本当に遅くなってしまって」

「いえ、大変ですね」

「それで、ええと携帯電話のメールはすべて読まれたのですね？」

「はい。それで質問がしたくて参りました。江藤和子さんが高橋七海さんに手紙を書いていると書かれていましたが、その手紙は七海さんへ送られたのかどうかご存知ですか？」

彼女は自分の前に置かれたコップのお茶を一口飲んでこう答えた。

「はい」

「はい、ということは送ったと捉えていいのでしょうか？」

「はい」

「それは江藤和子さんが直接ポストに入れられたのですか？　それとも病院職員に託したのですか？」

するとと、彼女はコップを持ったまま目線を部屋の隅の方に向けた。

「私が直接、七海ちゃんに渡しました」

「えっ……」

藤川まりんと高橋七海は会っていたのか。

「それはいつのことですか？」

「えっと……六月の中旬だったと思います」

「詳しい日時は覚えてないですか？」

「すみません」

「いえ、あとその手紙はどこでお渡しになったのですか？」

彼女は一日働き続けて疲れているのかこの間と比べて表情が重苦しい。

「K市児童養護施設です」

「あなたが直接行ったのですね」

「ええ、でも私と高橋七海の接点は特にないので職員の方にお渡ししました」

「……ということは高橋七海には会っていない？」

「ええ」

結局のところ会っていないのか。

「その日は手紙を渡しただけで帰ったのですか？」

「ええ、親族でも昔からの友人でもない人間なので、急には会わせてくれません」

私の息子も高橋七海の親族ではないが、Y市の施設で面会の許可が下りたのは刑事からの頼みだったから特別だったのか。

「手紙の内容ってわかりますか？」

するると藤川まりんはもう一度お茶を口に含んだ。

「見てないですよ。人の手紙を覗き見る趣味はないです」

と言ってため息をついた。

「あの、刑事さんすみません。私今日とても忙しくて昼ご飯もまともなものを食べていないのですごくお腹が減っています。まだ質問は続きますか？」

早く帰れと言わんばかりに彼女は再びため息をついた。

「すみません、すぐに終わります。あと一点だけ質問です。あなたは江藤和子さんに六月三日にお会いしたんですか？」

「……ええ、そうですね」

「前言っていたようにそれは宇治中央病院のお見舞いに行かれた？」

「その通りです」

「その時の様子を詳しく教えて頂きたいので、先にご飯を食べてきてください。我々は待っていますから」

そう言うと、彼女は明らかに嫌悪感をあらわにした。

「あの……疲れているので日を改めて、それにこういった内容ならお電話でもお話できると思いますが……」

「そうですね。では今日のところはこれで失礼します。お疲れのところご協力ありがとうございました」

そう言って私と植野は席を立った。

「あ、刑事さん。一つだけ言いたいことがあるんですが」

「なんですか？」

「……江藤和子さんは本当に優しい方です」

そう言い残して彼女は席を立ち、我々より先に部屋から出ていった。

二十三

連絡があったのは午前七時半だった。Y市の児童養護施設から電話があり、始発で園長がこちらに向かっているとのことであった。ホテルで待機するように命じられ、到着は九時ごろになるとのことだ。

窓の外が明るくなるのを眺めながら、昨晩の七海ちゃんとありすの会話を頭の中で反芻していた。

ありすは十分ほど前に起きて洗面所で顔を洗っている。七海ちゃんはまだベッドの上ですやすやと眠っていた。

「ありす」

洗面所で彼女の後ろから声をかける。

「何？」

「あの……昨日の夜、オレが寝た後、七海ちゃんと話をしてなかった？」

オレがそう言うと、ありすは顔をタオルで拭いてゆっくりと振り返った。

「……聞こえていたの？」

「やっぱり夢じゃなかったんだな」

「どうする？」

「どうするって？」

「いや、だって……」

「そうね……」

ありすは再び鏡の方を向き、洗面室に置いてある化粧水を手に取り顔に塗り始めた。

「七海ちゃんが悪いんじゃない」

「だけど、彼女、警察に行くって」

「行くなら私が行くわ」

「え!?」

ありすは再びオレの方を向いた。

「だって、まだはっきりとは分からないけど、妹が悪いことをしたのなら長女の私が責任をとる立場だと思うから」

「でも、ありすは何一つ悪くない」

「……」

ありすは黙ってくしで髪をとかし始めた。

昨日の会話はぼんやりと、でも一語一語、きちんと覚えている。

「あのね……ありすさん。私とっても悪いことをしてしまったの」

「悪いこと？」

「うん……、えとうさんに手紙を書いたの」

「手紙」

「うん」

「それのどこが悪いの？」

「あのね、私のことを捨てたお父さんとお母さんが許せないって。死んでしまえばいいって書いちゃったの」

「……それって今警察に捕まっているお父さんとお母さん？」

「ううん、私の本当のお父さんとお母さん」

「知ってたの？」

「うん、えとうさんがね、手紙で教えてくれたんだ」

「江藤さんから手紙が届いたの？」

「うん、ねぇありすさん、えとうさんは死んじゃったの?」

「……そうね。死んじゃったわ」

「……すごいかなしい」

「そうね」

「ねぇ、ありすさん、私が死んでしまえばいい。なんて書いたからえとうさんがお父さんとお母さんを殺してしまったのかな?」

「それはわからないわ」

「テレビでね。本当のお父さんとお母さんが誰かに殺されたって」

「……」

「私のせいだ」

「そんなことないよ。七海ちゃんのせいじゃない」

「どうしよう、私、けいさつに行かなくちゃ」

「大丈夫。何も心配いらないから今はゆっくり休んで」


七海ちゃんの話が本当なら、ありすの両親を殺したのは江藤和子さんになるのだろうか。

でもそれだけでは証拠にならないような気もする。

気づくと、洗面室の出入り口に七海ちゃんが立っていた。

「おはよう」

声をかけると寝ぼけ眼の七海ちゃんは「今、私の話をしていた……？」と少々不安げな顔をする。何と返事をしたらいいのだろうか。

「七海ちゃん、園長の浜口さんがこちらに向かっているそうだからこの部屋で待っていてほしいんだ」

そう告げるとさらに彼女は表情を曇らせる。

「七海がわるいことしたから……」

今にも泣き出しそうな彼女の頭をそっと撫でる。

「大丈夫だよ。七海ちゃんは悪いことなんて何もやっていないじゃないか」

「そうよ。何も考えなくていいから朝ごはんでも食べましょう」

彼女を落ち着かせてルームサービスの朝食を頼んだ。値段が破格だが、この際どうのこうの言っていられない。

ありすが不安そうな七海ちゃんの肩を抱いている。七海ちゃんは、どうやら自分が悪いことをしたから園長が怒りに来ると思っているみたいだ。

美しいお皿に盛られたフルーツと、パン、そして花柄のカップにコーヒー。七海ちゃん用のオレンジジュースが並んだ。

「さあ、食べましょう」

オレとありすは普段食べることのないホテルのふわふわパンを口に放り込んだが、七海ちゃんはずっと不安そうな表情のままだ。

「七海ちゃんも食べないと」

「……おなかすいてない」

「それでも食べないと病気になっちゃうよ」

昨晩は急遽の宿泊だったので、ペアギングの焼きそばしか食べていない。

「七海ちゃん。今の施設に移ってから園長先生に怒られたことある？」

オレは彼女の前でしゃがんでできる限り目線を合わせた。

「ううん……」

「なら大丈夫だよ。園長先生は七海ちゃんのことが心配なだけだから。だからご飯はしっかり食べなくちゃ」

「……わかった」

彼女はゆっくりとカットされたりんごを口に運んだ。今まで幼いころから悪いことをしたらどれだけの仕打ちを与えられてきたのであろうか。震える彼女は、まるで狂暴な野生動物の前に立ち尽くす弱った草食動物のようである。

マスコミから知り得た、彼女への虐待の内容は耳をふさぎたくなるようなものだったのを思い出す。

僅か二歳で家の手伝いを強要され、上手にできないと平手打ちを食らい、親がパチンコで負けたという理由で彼女は蹴られ、殴られ、髪を抜かれ、うっかりおねしょをした時は、重い布団を自分でベランダに干さなくてはならなかった。「サルの真似をやってみな」とか「ブタの真似をしてみな」と強要され、うまくできないと「何それ、超ダサいんだけど」みたいなことを言われた。僅か四歳で食器洗いもしなくてはならず、うっかりお皿を割ろうものなら、また顔が真っ赤になるまで平手打ちをされ、洗濯物の畳み方が汚いと、「お前、使えないやつだなぁ」と言われて、顔に油性マジックで「わたしはなにもできません」と書かれたなど、虐待の内容がテレビやネットニュースでも報じられていた。

ご飯は一日一食で白米とふりかけのみ。あとは両親の食べ残したもの。

彼女の前で両親は肉や魚、宅配のピザなどを食べていたらしい。ピザを食べている途中に床に落ちてしまったオリーブのみ、七海ちゃんの口に放り込まれた。

五歳のころ、家から逃げ出して彷徨っていたところ、近隣住民が虐待の疑いで通報した。育ての両親が逮捕されて児童養護施設に預けられた彼女を待っていたのは再び虐待であった。

彼女の心の闇はそう簡単には消えないであろう。最初会った時、しっかりした子だな、強い子だな。と思ったが、今見ている彼女が本当の彼女なのであろう。

オレなんかが彼女を幸せにするなんて、何甘いことを考えているんだろうか。オレなんかに務まるのか。でも……七海ちゃんが心から笑える瞬間を作ってあげたい。そう強く願う。

その時だった。園長がやって来るよりも先にオレのスマホが鳴った。誰かとディスプレイを確認するとまさかの父親であった。そっと洗面室に移動して電話に出る。

「はい」

「朝からわるいな」

「なんだよ」

「お前は今、高橋七海さんと一緒に白浜シーサイドリゾートにいるんだよな?」

「なんでオヤジが知っているんだ?」

「Y市の児童養護施設に聞いた」

「ああ……」

「高橋七海本人と変わってくれないか?」

突然の要求に一体何なのかと不穏な気持ちになる。

「彼女は今……ちょっと……」

「どうした。まだ寝ているのか」

「いや起きているけど、一体なんの用だよ」

七海ちゃんに聞こえないように声をおさえる。

「捜査の関係で彼女に尋ねたいことがある」

「今はちょっと……」

「無理なのか?」

言うかどうか迷ったが小声で伝える。

「実は彼女、昨日自殺未遂をした」

「知っている」

「それも知ってるのかよ。海で死のうとしていた。もちろん止めたけど」

「……よかった。死なれては困る」

オヤジの死なれたら困るって言葉は捜査上重要な人物だからという意味だと思い、無性に腹が立った。

「なんだよ」

「いや、そうか今は話を聞けないなら日を改めるか」

「そうじゃなくて、刑事ってなんでそんな無慈悲なんだ」

「……無慈悲か」

「そうだよ。今まで散々辛い目にあってきて、やっと平穏に暮らせるようになった七海ちゃんに細かいことを根掘り葉掘り聞くなんてどうかしてるって」

「……」

オヤジが黙り込んでしまった。

「悪かった。とにかく日を改める」

そう言って電話が切れた。

二十四

受話器をおいた私はため息をついた。無慈悲か。そうかもしれないな。刑事って仕事は相手が嫌がっていようが迷惑だと言われようが事情聴取を行う。同じ人を何度も訪ね、事件があれば親族、知人、友人、その他近隣住民などに話を聞いてまわる。それが当たり前であり、例えその対象人物が病人であろうが、何かでひどく悩んでいる様子であろうが、受験前であろうが、浪人生であろうが、多忙な人であろうがお構いなしに質問をせねばならない。そこで遠慮なんてしていたらいつまで経っても事件は解決しない。

わかってはいる。僅か九歳の女の子が自殺を図ったとはとても稀有なことだ。近年小学生の自殺は増えているが、六年生、五年生といった高学年の子が多い。

悶々とする。もう少しで事件の真相が暴けそうなのに……。だが、江藤和子が高橋七海のことを思って二人を殺害したなら、たとえ真実に辿りついても真犯人はすでに死んでいる。それはそれでまた腑に落ちない話である。

「林さん、コーヒー淹れましたよ」

植野が熱いコーヒーを持ってきてくれた。

「ありがとう」

「随分とお疲れに見えますすよ」

「ああ……」

とにかく高橋七海に接触できないのであれば、K市児童養護施設の元園長、現在まだ刑期が確定せず留置中の益田佐紀子《ますださきこ》に高橋七海宛の郵便物が届いたかどうか確認しよう。

彼女は今京都市にある留置場にいる。高橋七海以外の子どもたちの被害もあらわになり、裁判が行われているが、そろそろ終着しそうだ。

植野に、益田に会いにいく旨を伝えて留置場に連絡をとり、車に乗りこんだ。

京都市に入ると雪がちらついていた。そういえば正月が終わるごとに自分の誕生日が来ることにふと気づいたが、次で幾つになるのかパッと思い出せない。四十九だったか五十だったか。

「なぁ植野」

「はい、どうしました？」

「刑事っていったい何なんだろうな」

今日はハンドルを植野に握らせている。

「一体どうしたんですか？」

息子に無慈悲と言われてしまった。

「ええと……刑事とは警察の中の刑事課の人間を指し、事件が発生した際に捜査を行う人。でいいですか？」

まるで国語辞典で検索したかのような答えに思わず少し笑ってしまった。

「林さんが笑うなんて珍しいですね」

「私はそんなに無表情なのか」

「そうですね、正直言うと、日頃何を考えているのか全くわからないです」

部下にそう言われて、自分でもああ……と納得してしまう。

「医師もそうだが、慣れってやつとあと性格だろうな」

「はい？」

「大きな病院では何人もの人が亡くなる。その度に悲しんでいてはキリがないし、感覚がマヒしてくる。あと人の内臓や骨やらなんでも触るのが平気っていう人じゃないとできない」

植野はカーステレオの音を小さくした。

「つまりは、刑事って仕事は根気がないとできないと言いたいのですか」

「根気もだが、情に動かされてはならない」

信号が赤になったので、車を停止させた植野がこちらを見た。

「林さんはまさにその代表みたいな方だと思っていたのですが」

「何だそれは。血も涙もないってことか」

部下にまでそう思われているらしい。

「ぶっちゃけそうですね。何があっても淡々と常に冷静で、いや褒めてるんですよ。刑事になるために生まれてきたんじゃないかと思うくらいです」

刑事になるために生まれてきた……か。

「だったら私は間違っていないんだな」

「今日の林さんはどうしちゃったんですか。間違いって何か間違えたんですか？」

結婚したこと、子どもを授かったことがそもそも間違いだったのか。と言いかけてやめた。過ぎたことは取り戻せない。

「我々の仕事を誰かがやらなければ、悪い奴らはいつまでたっても野放し状態だから、正義の味方でいいと思いますよ」

「警察が正義の味方だなんて思っていない」

「でも小さい男の子は白バイに乗った警察官やパトカーを羨望の眼差しで見てますよ」

響介が小さいころはどうだったであろうか。思い出せない。

「人の心にどかどかと土足で踏み入ってばかりだな」

「林さんでもそういうこと思うんですね」

「私はロボットではないぞ」

そう言うと、植野が笑って、アクセルを踏んだ。

「よかったです」

留置場での面会を行うが、益田佐紀子は精神に異常をきたしていると聞いていた。留置される前と比べて明らかに白髪が増えてやつれていた。

「すみません、質問があります」

我々がそう言っても、彼女は表情を失っている。

「去年の六月辺りに、児童養護施設宛に手紙が届きませんでしたか？　高橋七海さん宛です」

我々の質問に対して、無反応の益田は焦点が合っていない。

「聞こえていますか?」

やや大きめの声で尋ねる。

「七海……、手紙……」

「そう手紙です。差出人の名前が書いていたかどうかわかりませんが、江藤和子さんという方から高橋七海さん宛になっているはずです」

虚ろな瞳をゆっくりとこちらに向けた益田は突然泣き出した。

「わたし、わたしは悪いことをしました。罰を受けなければならない」

「泣かれても困る。質問に答えてください」

こういう時こそ冷静沈着がいい。ああそうか、だから私は刑事なんだ。

「七海はわたしの子どもです。返してください」

いくら泣かれても返す訳にはいかない。

「いくら懇願されてもそれは聞き入れることができません。先ほど自分でおっしゃったではないですか。悪いことをしたのなら、罰を受けて下さい。そして刑期を終えたら再び外の世界で、今度はいいことをしてください」

私はゆっくりと彼女にそう話しかけたが、この調子では手紙の件は聞き出せそうもないなと思ったら、急に彼女がこう言った。

「手紙、あの手紙が彼女を狂わせたんです」

「えっ……彼女とは？　高橋七海さんのことですか？」

植野がそう尋ねた。

「そうです。手紙が届いて、私は見ていないですが、自室で丹念に読んでいました。そして返事が書きたいから便せんを下さいって……」

聞き出せた。江藤和子から高橋七海に手紙は届いていた。そして高橋七海は江藤に返事を書いているかもしれない。

「それで便せんを七海さんに渡したのですか？」

「はい、わたしました」

「高橋七海さんはそれで返事を書いたのですね？」

「おそらく書いたのではないでしょうか……」

なんだ、きちんと話せるではないか。

「その手紙は七海さん自身がポストに入れたのですか？　あとどんな便せんでしたか？　色とか柄とか」

「……白い紙です」

「なるほど」

小学三年生なら、郵便物をポストに投函すれば相手に届くことくらい知っていても十分おかしくない。ということは高橋七海が江藤に返事を書いたとしてその手紙は江藤の元に届いたのか？　いや、でも江藤は六月中旬に死亡しているから……。

「植野、江藤家の家宅捜索で、ポストの中身はすべて確認したよな」

私は植野の耳元で小声でそう尋ねる。

「はい、しましたよ」

「刑事さん、わたしは死をもって罪をつぐないます……」

突然益田がそんなことを言い出す。

「あなたの罪状はまだ決まっていないですが、死刑ではないと思います。そんなことを言わないでください」

いつの間にか泣き止んだ彼女はまた虚ろな目をしていた。

益田との面会はそれで終了したが、次の疑問は、高橋七海が江藤和子宛に送った手紙はいったい今どこにあるのか。誰かが保管している。誰か？　その時、頭に思い浮かんだのはあの人だった。

「植野……もしかしたら真犯人は」

「え？　真犯人ですか」

「手紙もあの人が持っているのかもしれない」

二十五

白浜シーサイドリゾートに浜口園長が到着したのは予定通り九時であった。部屋を訪れた園長は泣きながら七海ちゃんを抱きしめた。

「よかった。無事でよかったです」

七海ちゃんは怒られるわけではないとわかって、安心したのか涙を流し始めた。

「ごめんなさい……ごめんなさい……」

「謝らなくてよいのです。あなたは自分の心を開いたのですね」

これはあとで聞いた話だが、Y市の児童養護施設に移ってからも七海ちゃんは涙ひとつ見せることなく、毎日を淡々を過ごしていたそうだ。弱音を吐くこともなく、文句を言うこともない、つまりお利口な子を演じていた。

「申し訳ありません。自分たちがついていていながら」

保護者として深く頭を下げた。

「いいえ、七海さんを救って頂いてありがとうございます。ああ、七海さんが泣いているなんて……。あなたたちには本当の姿を見せることができているのですね」

オヤジから聞いてはいたが、浜口さんは良き園長だ。この人になら七海ちゃんを安心して任せられるのではないか。やはりオレのようなひよっ子にはまだ娘を持つなんて早すぎるのかもしれない。そう思ったら、七海ちゃんが突然こちらを振り返った。

「あのね、先生。きょうすけさんが私のお父さんになってくれるの」

いつもとは違う甘えた声でそう言われて、オレは慌てる。

「あ、いや……」

どうしよう、まだ会って間もないのにお父さんになるだなんて、何を言っているんだこの若造は。と思われるかと考えたが、七海ちゃんがそう言ってくれているのなら。隣にいたありすもオレの背中を軽くぽんと押した。

「そうなのですか？」

園長がオレの方を向く。ええいしっかりしろ林響介。

「今はまだ半人前ですが、彼女とそう約束しました。一人前になって必ず迎えに行きます」

そう言って直立姿勢のまま礼をした。すると園長が微笑んでひざまずく。

「七海さん、信頼できる人に出会えたのですね」

七海ちゃんは目に涙を浮かべたままコクリと頷く。そしてまたオレの方を向いて今度はふふっと笑った。その笑顔はあどけない、九歳の少女が見せた精一杯の笑顔だったように思う。

「さあ、帰りましょうか」

帰り道、オレは七海ちゃんと手を繋いで歩く。オレは右手、ありすは左手を繋いでいる。

まるで親子のようだ。オヤジにひどいことを言ってしまっただろうか、無慈悲なんて……。刑事が無慈悲じゃなくて情に溢れていて、いちいち遠慮していたら事件は解決しないじゃないか。突然後悔の念に襲われる。

「どうしたの？」

突然頭を抱えたオレをありすが心配する。

「七海ちゃん」

オレはしゃがみこんだ。

「どうしたの？」

「こんな時に悪いんだけど、オレのオヤジが聞きたいことがあるらしいんだ」

「お父さん？」

ここは駅のホームで今は特急電車を待っている最中だ。

「少しだけ話をすることはできる？」

そう言うと彼女はコクンと頷いた。

「きょうすけさんの言うことなら何でも聞く」

「え、七海ちゃん、この世で一番嫌いなのは大人なんだよね？」

「ううん、きょうすけさんとありすさんは好きだよ。それに一番嫌いなものは変わった」

彼女の表情が幾分か明るくなった。

「何？」

「こどく」

ああ、そうか、それが答えなら。

「それだったら、七海ちゃんが寂しくならないように、毎日でも電話するよ」

「ほんとう？」

「本当に」

すると彼女は大輪の花が開いたかのように笑った。

「ありがとう」

隣にいたありすが「あー、これは響介さん、一日も早く一人前にならなきゃね」と歯を見せて笑う。

「プレッシャーかけないでくれ……」

「七海ちゃん、響介お兄さんは今、白衣の天使になるべく勉強中だから」

ありすの言葉に七海ちゃんがクスクス笑う。

「白衣の天使って……」

その様子を遠巻きに浜口園長が見ていた。そんな俺たちの頬を冷たくて優しい潮風がかすめていく。

二十六

私は今、息子の響介に真実を知らせるために筆を走らせている。

響介へ

突然、最愛の人がいなくなって何事かと思っているであろう。私の方からすべてを説明する。箇条書きにはなるが、落ち着いて全部読んでほしい。

藤川夫妻殺害の犯人が逮捕されてから三ヶ月が経った。すべてはあの団地から始まったのだ。真実を知り得た時、私は驚愕した。

約二十年前のK市の小見山団地。結婚したばかりの私と由香もそこに住んでいた。響介は、小さい頃に、あっちゃん、まりちゃんという子とよく遊んでいたと言っていたが、藤川ありす、まりんもその団地に住んでいた。そして藤川春子も。さらにはカームアニマルクリニックの院長とその奥さん、敬子もその団地に住んでいた。小見山団地は広大な敷地の中に五十八棟もの住居が並ぶマンモス団地だ。

敬子と春子は同年齢で親友同士だった。今から約二十五年前、春子が住んでいる部屋のとなりに小野夫婦が引っ越してきたことがキッカケで交流が始まった。

そのころはまだK市の動物病院で助手を務めていた小野慎太郎と敬子は動物が大好きで、春子はよく二人に動物イラストのポストカードをあげていたらしい。

小野夫婦は二十八歳の時に京都の北山に個人の医院を開設して引っ越したので、交流していたのは実質三年だが、その後もずっと春子と敬子は手紙やポストカードのやりとりをしていたそうだ。

その後、春子も三十九歳の時に町で声をかけられた藤川伸之に惚れこみ、結婚することになるが、伸之はカッとなると、春子によく暴力をふるっていたようだ。それでも春子は伸之のことが好きで離れられないでいた。やがて妊娠していることが分かった春子は伸之にそのことを報告するが、もうガキはいらないから堕ろせと言われて絶望する。しかし春子はせっかく授かった命だからと中絶手術は受けずにいた。春子は産婦人科にも通わず極秘で出産することにして、伸之には、中絶手術を行ったと嘘をついていた。

だんだんお腹が膨らんできたが、丁度季節が冬だったこともあり、だぼっとした服を着てお腹を見せないように努めていたようだが、やはり隠し切れなかったのだろう。

妊娠八ヶ月の頃にバレてしまい、伸之からひどく殴られることもしばしばあった。それでもお互い好き同士だったのか離婚することはなく、やがて家でこっそり出産した春子だが、伸之に「赤ん坊を捨てろ、ガキとの生活はごめんだ。捨てない限りお前と別れる」と告げられた。赤ん坊を守ろうと必死だった春子だが、伸之に思い切り足を蹴られて打撲をした状態で、泣く泣く赤ん坊を河川敷に捨てにいった。その子が七海さんである。

どうして私がこの一部始終を知ることができたのかについては、春子が記した日記が畳の裏から出てきたからだ。何度も捜索した藤川家ではあったがまさか畳の裏に隠すなんて思ってもみなかった警察はそれを見落としていた。藤川家は元々昭和初期に建てられたらしく、畳をはいでみるとそこには防空壕として使われていたのであろう空洞があった。さらに発見されたその日記には一枚だけ生まれたばかりの赤ん坊の写真が挟まれていた。春子が捨てる前に我が子を一枚だけでも残しておきたかったのだろう。

藤川夫妻は伸之のギャンブルで多額の負債を抱えていた。正規の消費者金融からはもうお金が借りられなくなり、春子に稼げと命じる。春子はどうやら風俗店などの面接を受けたようだが、年齢も四十となると採用はなかなか決まらず、友人の敬子に相談したところ、小野夫妻が借金返済のためにお金を貸してくれることになった。

しかし、そのお金はあっさりと伸之に取り上げられ、再び借金が増えたのみ。春子は何とか借金を返済しようと試みるがとてもじゃないが不可能な額になっていた。春子は、自分がアニマルクリニックで働くと申し出たが、既に伸之の次女まりんが働いているとのことで驚いた。

そこで、まりんと春子は一度話す機会があったそうだ。まりんにとっては義母である春子だが、実家には全く帰っていなかったので伸之が四人目の妻と結婚していたことすら知らなかったそうだ。二人が京都市内の喫茶店で話し合った結果、まりんがクリニックは非常に多忙だから春子さんの体にはキツイのではないかと話した。春子は重症ではないが不整脈の持病を持っていた。それで、借金が積み重なっても外に働きに出ることは難しかったそうだ。そんな春子の事情を考慮して、まりんは「私が働いて少しでも父の借金を返します。春子さん、あの人とは早急に別れた方がいいですよ」と告げたらしい。

血の繋がらないまりんが働いてくれることに嬉しいような申し訳ないような複雑な思いで過ごしていた春子の心が日記にすべて記されていた。春子自身はたくさんのポストカード作成をして、フリマアプリなどで販売していたが大した儲けにはならず、新聞配達の仕事も始めてみたものの、やはり持病のためか体が悲鳴を上げて辞めたそうだ。

そもそも、春子とまりんが連絡を取り合っていたことも驚きだが、ここで一つ疑問が浮上する。どうして春子は七海さんの件について敬子に相談しなかったのだろうか。きっと小野夫妻なら、赤ん坊を捨てるなんてとんでもないと引き取り先を探したり、最悪の場合、自分たちで育てようとしたのではないか。

その答えは、敬子が流産したことにあるということが分かった。敬子は、ちょうど春子と同時期に妊娠したが、流産で悲しみに暮れていた。春子はその話を聞いて、自分の娘を育てられないなんて話ができなかったんじゃないかと思うが、それにしても捨てるという選択肢しかなかったのだろうか。

小野夫妻の間にはその後も結局子どもはできなかったそうだ。

春子の日記には、妊娠中に藤川龍が訪ねてきたこと、藤川まりんが年賀状や暑中見舞いなどを彼女に送った旨が記されていた。春子は携帯電話を所有していなかったし、家の固定電話も電話料金が支払えず撤去してしまったので、手紙やハガキで連絡を取るしか方法がなかったようだ。春子は龍に自分が妊娠していることを伝えたとのことだが、せめて龍に託すとか、まりんに赤ん坊を託すことはできなかったのか。自分の本当の息子と娘でないから遠慮したのだろうか……。とにかく、赤ん坊を捨てるなんてあるまじきことだ。……子育てにまともに参加しなかった私がそんなことを言っても誰の心にも響かないかもしれないな。

どうして、敬子から送られた手紙やまりんから送られた年賀状などが家宅捜索で発見されなかったのはあとで綴る。

話が逸れたが、藤川まりんがアニマルクリニックで働いたからといって、藤川夫妻が小野夫妻から借りた額はまさかの一千万円でとても簡単に返せる額ではなかった。一千万も貸した夫妻も大概どうかしているが、動物病院というのはそれほど儲かるのだろうか。

しかしここで問題が発生する。クリニックの院長、小野慎太郎が怪我をして一時期働けない状態だったらしい。その間クリニックは休業せねばならず、収入のない敬子は少しだけお金を返済してもらおうと藤川家を訪ねた。この辺りの話は敬子の証言だが、一千万も貸した夫妻はお金なんていくらでも余っているという状況ではなかったらしく、貯金の殆《ほとんど》を春子のために貸していたのだ。それくらい小野夫妻は春子のことを心配していて、大切にしていたということだ。午後六時に藤川家を訪ねた敬子だが、伸之は相変わらず遊び歩いていて、不在だった。そこで敬子は久しぶりに会った春子と二人で酒を嗜んでいた。

藤川家はとても古い家で、昔からの土壁に、やぶれた襖《ふすま》に錆びついたキッチン。とても裕福な暮らしをしている状態ではないことは一目瞭然だった。

　敬子はこんなところで暮らしていて本当に大丈夫なのか。仲之と一緒にいて幸せなのかと春子に散々尋ねた。離婚を勧めるが春子はどうしても仲之から離れられないと返事するばかり。呆れた敬子は、考えた。やり方はよくないが、春子を脅すことにした。

「まりんばっかり働かせて、あなたは何もしないの？　うちのクリニックで助手として働きなさい。そうしたら借金はすべてチャラにしてあげる」と。

　春子は当然、敬子に多額のお金を借りたのに返済できていないことに責任を感じていた。そんな彼女は、平日のみ働いて、土日だけこの家に帰ってもいいかと敬子に尋ねる。

　敬子はこう考えたらしい。これはある意味の洗脳だ。仲之がどれほど良い男なのか全く理解できない。むしろ一緒にいればいるほど春子は不幸になっていく。

「わかったけれど、クリニックはとても忙しいの。とにかく一年でいいから働いてちょうだい」と言い、仲之がいないうちに春子を外へ連れ出そうと考えた。春子は滅多に飲まないお酒で少々酔っているようだったし、適当にごまかして外に連れ出そうとしたところ、タイミング悪く、仲之が帰ってきた。

「お前誰だ!?」

　仕方がないので、仲之にも事情を説明する。

「借金の返済のため、春子に働いてもらいます」

そう言って強引に家を出ようとしたところ、伸之が敬子を殴った。

「オレの嫁だ。勝手に連れていくな！」

それで敬子は堪忍袋の緒が切れた。

「何言ってんの!?　あんたのせいで春子は苦労ばっかりしてるのよ！　私は春子の友達よ！」

殴られても無理やり春子を連れ出そうとする敬子を今度は伸之が床に押し倒した。敬子はひどく頭を打ったが、それでも立ち上がる。

「春子を解放しなさい！」

「てめぇいい加減にしろ！　春子をどこに連れて行く気だ!?」

伸之は敬子を蹴り倒す。

「や……やめて！」


春子は頭を抱えて叫んだ。しかしそんな春子の手を無理やり握り伸之は家の奥へと連れて行こうとする。敬子は、玄関を入ってすぐのキッチンにたまたま置いてあった果物ナイフを手に持って、背後から駆け寄り、伸之の背中に突き刺した。

「ぐあああああああ!!」

その隙に春子を連れていこうと試みるが伸之は春子を掴む手を放そうとしないので、今度は腕を刺した。その後も豹変した敬子は伸之を何度も刺す。

「やめて!!」

突然春子が伸之をかばって、果物ナイフは春子の腹に突き刺さった。

敬子は思わず真っ青になる。

「あ……あ……」

果物ナイフを落とした敬子はその場で跪いた。

「は……春子……あなた……」

腹部から血を流したまま春子は伸之をかばう。

「やめて、私、この人が好きなの。大好きなの……」

敬子は訳がわからなくなって、その場でうずくまって泣いていた。


とてもタイミングの悪い話なのだが、この日、藤川まりんは医院が休みなので久しぶりに右京区の実母に会いにいっていたそうだ。しかし、外出時に家に鍵を置いたまま出てしまった。家を出る時点で敬子がたまたま玄関付近にいたので、鍵をかけることなく外出したのだ。その後、敬子が外出時に家の鍵をかけたため、帰宅したまりんは家に入ることができずに困っていた。これが午後十一時前。ちなみに院長の慎太郎はこの時病院に入院している。

藤川まりんは家を出る際に、敬子が今日自分の実家へ行くと言っていたことを思い出し、仕方なくバスと電車を乗り継いでK市の藤川家へとやって来た。まりんは事情聴取でこう語っている。

「父には会いたくなかったが、春子さんは優しい人だと思ってた」

しかし家に着いた彼女はそこで異様な光景を目にする。玄関の扉が半開きになっていてその扉に血が付着しているのだ。何かあったのかと家に入るとそこには息絶えた自分の父親と、義理の母親が腹部から血を流した状態で倒れており、その前で敬子が泣いていた。

「何があったんですか!?」

慌てて携帯電話を取り出し119番しようとするまりんの電話を敬子が取り上げた。

「待って、電話したら私が捕まってしまう……」

返り血を浴びた敬子の姿を見て、まりんはゾッとした。

「あなたがやったんですか……!?」

その時点でまだ春子の方は生きていて、いるような気がした。

「まだ春子さんは生きています。急いで救急を呼ばないと助かりません!」

まりんがそう言うと春子の目が突然開いた。

「鬼……お前は鬼だ……大切な友人だと思っていたのに……」

春子はその場に落ちていたナイフを拾い上げる。

「危ない、敬子さん！」

まりんがそう叫んだが、春子は敬子ではなく自分の首をナイフで切った。頸動脈からおびただしい量の血しぶきが舞った。

あっという間に春子は倒れ込み、こと切れた。まりんは「どうしよう……どうしよう……」と泣き続ける敬子に事情を聞く。

「一体何があったんですか!?」

「私……春子のことを助けようと思ったのに、大切な友人を助けようと思っただけなのに……」

頭を抱える敬子を見て、まりんは通報していいものかひどく迷った。

「敬子さん、逃げましょう」

まりんの突然の提案に敬子は驚く。

「私はこの男を父親だと思ったことはありません。春子さんは……悪い人ではないと思いましたが、どちらにしろ血の繋がらない赤の他人です。私は何も見なかったことにします。証拠を隠滅して、二人とも自殺したことにしましょう」

そうして、まりんは春子の作業机に置いてあったポストカードをまき散らして、一枚だけ選択し、遺書を偽造した。その際にまりんは自分が送った年賀状や敬子から送られた手紙などをすべて鞄に押し込めた。そして二人はお風呂場でシャワーを浴びて、春子の箪笥から服を取り出して着替えた。汚れた服や凶器のナイフはビニール袋に入れて、家にあったボストンバッグへ詰めて、二人の遺体のそばに包丁を置いた。そうやって自殺現場を偽造した二人は家から出た。当然指紋などはすべて拭き取っている。

これが事件の真相だ。伸之を殺したのは小野敬子で、春子は結局のところ自殺したことになる。藤川まりんが現場から敬子と自分の痕跡をすべて消したため、春子と敬子の間の繋がりや、まりんとの繋がりを警察は掴めずにいたのだった。

そうしてもう一つ、忘れてはならない。高橋七海が監禁……いや、実際には血のつながった兄妹で一緒に暮らしていただけで、藤川龍は無罪になったのだが、その時に誰かが落とした一枚のハガキ。お前が拾ったハガキは実は藤川ありすが書いたものだった。

藤川ありすはある日、藤川龍が一人の少女を保護している事実を知る。

三姉弟がバラバラになったことは事実だが、長女のありすは常に妹と弟のことを心配していた。そんな彼女は興信所を利用して、妹のまりんと弟の龍の居所を突き止めていた。妹は動物病院で働いているということで、意外とすぐに見つかった。しかし、弟の龍の居所は興信所でもなかなか掴めず、彼女はとても心配していた。やっと見つかった彼はネットカフェで生活しているということを知り、さすがに弟は呼び戻そうと思い、彼が頻繁に利用するネットカフェに張り込んで龍と出会った。

一緒に暮らさないかと提案したありすだが、龍は意外とネットカフェの生活が快適らしくて嫌だと断ったそうだ。龍は当時十三歳だったが、見た目がふくよかで身長も百六十五はあった。さらには実際の年齢より老けて見えたせいか、ネットカフェの店員に通報されることもなかったようだ。

ありすは二年に一度、興信所の協力を得て、妹と弟の動きを把握していた。そして、高橋七海が行方不明になった直後に興信所からこんな連絡があった。

「龍さんは小学生くらいの女の子と古い平屋に住んでいる」と。その住所を訪ねると意外にも自分が一人暮らしをしているアパートから近くて、ありすは一体誰と暮らしているのかと龍を訪ねたのだそうだ。そこで「公園で知り合った女の子と一緒に暮らしている」ということが分かり、しかもその子の名がテレビやネットで行方不明になって大騒ぎになっている少女の名前だったので、驚いた。ありすは龍に警察に出頭するように言うが、龍には全く罪の意識はなく、その時「だってこの子は自分の妹かもしれないから」と言っていたと供述している。

ありすは龍がワケのわからないことを言っていると解釈したようだが、彼女自身から誘拐の申し出があったということと、マスコミが伝えた彼女の生い立ちに同情したらしい。一旦その場では警察には通報せずに帰宅した。

しかし、当然のことながらありすは悩んだそうだ。

「いくら保護しているといっても誘拐、監禁である事実に間違いはない。弟が罪を犯しているのなら通報しなければ。しかし、通報したら七海ちゃんは再び施設での生活に戻ることになるのか」と彼女は苦悶する。

散々悩んだあげく、自分の妹のまりんに相談することにした。興信所より、妹のまりんはずっと同じ動物病院で働いている旨を聞いていたので、ある日その場所を訪ねる。久しぶりの再会を果たした姉妹だが、龍のことはもちろん、それ以上に衝撃の事実を知ることになってしまうのだ。

自分の父親と義理の母を殺した犯人に加担してしまったという話を聞いたありすは目がまわっておかしくなりそうだった。と語っている。

両親が亡くなった際に、長女のありすに我々警察は連絡したが、その時にどうして妹と弟の居所を知らないと嘘をついたのか、「二人をそっとしてやりたかった」と話す。確かに被害者家族がマスコミに詮索されるなんてことは日常茶飯事に起こる。藤川ありすは、そんな目に合うのは自分ひとりで十分だ、と思っていたそうだ。

自分の両親は自殺を図ったように偽装されているが、何者かが殺害したというニュースを連日聞いていたので、このままでは警察が妹に辿り着くのは時間の問題だと思った。そこでありすが思いついたのが「高橋七海が助けを求めるハガキを作成する」だった。

ありすが江藤のことを知っていたのは、妹からこんなことを頼まれたからだ。

「自分は殺人に加担してしまった人間だ。江藤さんが自宅に帰ったあと、生きているのか亡くなっているのかどうなっているのか知りたい。でも自分がもし亡くなっている彼女を発見したら警察に通報しなければならなくなる。警察と接触したくない。私のかわりに江藤さんがどうなったのか調べてほしい」

そしてもう一つ、

「江藤さんは、K市の児童養護施設に住む小学生の女の子と親しかった。でも今、その施設の子が行方不明になっている。もしかしたらその行方不明になっている子が江藤さんの親しかった子かもしれない。私のかわりにそれも確認してほしい」

ありすは次々と入ってくる情報を必死で整理した。江藤和子はまりんの歳の離れた友人で、さらにその江藤と親しいのが、例の行方不明になっている高橋七海ちゃんかもしれない。そしてまりんには知らせなかったが、自分の弟がその高橋七海と一緒に暮らしている状態だ。なんてことだ……混乱する中、ありすはただ、自分の妹と弟をどうしたら守れるのか、そればかり考えていた。それで江藤和子に罪を着せるという考えが頭に浮かんだ。

まりんにとっては友人かもしれない。でも私はまず、自分の妹と弟を守る必要がある。藤川ありすは取り調べの際に苦痛の表情でそう話していた。それでハガキを落とそうということを思いついた。最初はSNSにしようか迷った彼女だが、小学三年の子がスマホやパソコンを使いこなしていたら不自然か……ならば手書きのハガキにしてみようか。

少なくとも江藤という存在が露わになることで捜査をかく乱できる。事件の痕跡という
のは年月が経てば経つほど、消え去っていく。時間稼ぎでもいい。しかしこのハガキを近くのポストに投函すると、龍の居所がすぐにバレてしまう。

藤川ありすは大切な妹と大切な弟を守りたいという義務感で動いていた。どこか遠くの警察署の近くに落とそうと考えて、ハガキを自身の鞄に入れた。

しかし、ちょうど勤務している病院の同僚が交通事故で入院することになって、代理でありすは二週間連勤ということになってしまった。遠くに行くことができないまま鞄にし

まったハガキを持っていると不安になってきた。仕方なく彼女は風の強い日にその辺りの公園の木の枝の間にひっかけてみた。そのハガキが飛ばされて、歩道に落ちていたところをお前が拾ったのだ。

ありすは、龍については最悪「保護していた」ということで、たとえ警察に逮捕されても重罪にはならないだろうと考えた。どちらかというと守るべきは妹である。殺人に加担したとなれば、重い罪が課せられるだろう。それならば江藤和子が真犯人だと思ってくれたらそれが一番だ。何せ、まりんから江藤は癌を患っていてもう長くないと聞いていたからだ。死人に口なし。亡くなった者が犯人だとなったら誰も逮捕されることなく事件は終幕を迎える。

まりんには、「もし警察が事情聴取に来ても江藤和子とは知り合いでないと主張した方がいい」と伝えようかと思ったありすだが、まりんと江藤が友達同士であることを考えると、とても言えなかった。

これが事件の全貌である。藤川ありすの思惑通り捜査はかく乱されてしまった。いつものことだが、全貌がわかったところでスッキリしないものだな。

藤川ありすは、自分の妹弟を守ろうとして。藤川まりんは自分を引き取ってくれた恩人の敬子のため。藤川龍は何を考えているのかよくわからん奴だが、それでも心身ともにボロボロだった七海さんに美味しいものを食べさせ、服を買ってあげて、誘拐と監禁とは言い難い……彼女のためを思った行動をとった。誰かが誰かを思い、そうやって庇いあって、事件は非常に複雑になってしまった。

きっとお前はショックを受けているであろう。でもお前が一枚のハガキを拾ってくれたおかげですべては解決に向かっていったんだ。礼を言う。藤川ありすの罪はそう重くはない。これから彼女を支えてあげなさい。では、落ち着いたらまたラーメンでも食べに行こう。

—父より—

メールではなくて便箋に文を認《したた》めたのは久しぶりである。そうだ、あの時以来だ。口下手な私が由香にプロポーズをした時。

我々が事件を解決に導けたのは、藤川ありすから電話がかかってきたからだ。

『すべてを話すから警察に行きます』

彼女は高橋七海に対して誠実に向き合う息子の姿を見て、そう決めたらしい。

「もし、二人が許してくれるのなら……三人で人生を歩みたい」

取り調べ室でそう語った彼女の頬を涙が濡らしていた。

私は引き出しを開けて封筒を取り出し、六枚の便箋を押し込んでいく。

その時、デスクの電話が鳴った。

「駅前にて窃盗事件が発生しました。至急現場へ向かって下さい」

ああ、今日こそは早く帰ろうかと思っていたのに……。私は重い腰をあげて駐車場の方へと駆けていった。

エピローグ

藤川伸之殺害の罪で小野敬子は実刑判決で懲役十八年が決定した。とニュース報道が流れている。

ダイニングの小さなちゃぶ台のまわりに座布団を三つ並べる。２ＤＫの質素な家に明るいサーモンピンクの布団と箪笥を置く。七海ちゃんは私物を殆ど持っておらず、赤いランドセルと最低限の教科書、ノート、文房具だけ持ってきた。

「リュック準備できたよ」

髪を一つにまとめた彼女は今日買ったばかりのリュックサックを部屋の隅に置いた。

ありすは今日帰ってくる。ありすがオレに嘘をついていた件については、腹が立ったというよりはショックで、しばらくかなり落ち込んだ。しかし、どれだけ落ち込んでも自分にはありすが必要だと感じていた。

彼女が帰ってきたら三人で行きたいところがある。それは、七海ちゃんが持っていた手紙を出すため。宛先は『天国の江藤和子様へ』……この封筒を香川県にある小さな島の郵便局に持っていくのだ。漂流郵便局というところがあり、天国への手紙も受け付けてくれる。七海ちゃんは結局、江藤さんに返事を出せていなかった。いや、返事を書いていたのだが、江藤さんから送られてきた手紙に「私はもうすぐ天国へ行きます」と書かれていたので、どこに送っていいのかわからずに持ち続けていたのだそうだ。

看護師になって一年目。七海ちゃんは既に六年生になっており、背も百五十を超えて、綺麗な少女になっていた。

仕事で患者の腕に注射針を刺し、点滴を打つのは今も緊張するが、経験を積むしかない。社会人一年目で七海ちゃんを養子にもらうことができるのかと不安だったが、意外にもアッサリ審査に通った。七海ちゃんがオレとありすと一緒に生活することを渇望していたからというのもあり、さらに七海ちゃんとありすは異母兄弟だからというのが最大の理由だ。

姉と妹の歳の差が十五歳で、七海ちゃんは歳の離れた姉と、姉よりも歳下の父親と生活するという奇妙なことになった。七海ちゃんを養女に迎え入れたらありすも位置づけとしては自分の子ということになり、結婚できなくなるという危惧はあったが、別に結婚という形式にこだわらなくても、これから一緒に暮らしていけたらそれでいい。

ありすは犯人蔵匿罪《ぞうとくざい》で五十万円の罰金、まりんさんは犯人隠匿罪《いんとくざい》で懲役二年の刑だ。ありすに下された判決は懲役ではなかったが、自分の行いを反省するためと言ってしばらく家から出ていた。オレは一人でその間看護の仕事に就き、忙しい日々を送っていたが、家に帰ってありすの姿がないことが寂しくて仕方なかった。ありすにも帰ってきてほしい。そして前から願っていたように、七海ちゃんの親になりたいという夢を心の支えにしてきた。そしてある日、ありすから一本のメールが入った。

「明日帰ります」

久しぶりに愛する人に会える……ありすのことを考えると心が躍る。ありすが帰ってきたら最高の笑顔で「おかえり」と言いたい。

そうそう、本当にどうでもいい話かもしれないが、職場の人に「ハガキが一枚落ちてます」という例の縄跳びの歌の話をしたことがあって、「一枚じゃなくて、本家の歌は確か十枚だぞ」と言われた。それで他の看護師は「あれ、郵便屋さんが拾うんじゃないの？」とかどうやら地域によって大きく歌が変化しているらしい。まぁ今となっては一枚だろうが十枚だろうが百枚だろうが誰が拾おうが、すべては過去の話だ。

ピンポーン

家のインターホンが鳴り、玄関の鍵を開けた。

そこにはいつもと変わらない彼女の姿があった。

「おかえり」

―完―

著者プロフィール

松尾 月乃（まつお つきの）

1985年生まれ、京都府出身。
大阪成蹊大学芸術学部を卒業。

2021年に自費出版で「ライフスワップゲーム」を刊行。

ハガキが一枚落ちてます

2024年5月15日　初版第1刷発行

著　者　松尾 月乃
発行者　瓜谷 綱延
発行所　株式会社文芸社
〒160-0022　東京都新宿区新宿1－10－1
電話　03-5369-3060（代表）
03-5369-2299（販売）

印刷所　株式会社暁印刷

ISBN978-4-286-25233-9